新日檢 修訂版

學霸指定攻略！6回全真模擬試題N4

超凡實力派

QR Code 朗讀音檔

山田社日檢題庫小組・吉松由美
田中陽子・西村惠子・林勝田 ◎合著

前言はじめに

哈囉，日檢戰神們！
別懷疑！今天我們為您獻上那本將徹底改變您日檢之路的必勝秘笈！
隆重登場——《修訂版 合格全攻略！新日檢 6 回全真模擬試題 N4》！
這不只是模擬試題，這是高分直達的秘密武器！
而且這次超貼心附上「QR Code 線上音檔」，隨時隨地開刷！
通勤、散步、吃飯，都能聽！考場上讓耳朵一聽就過、考試輕鬆破表！

我們知道，備戰日檢 N4 的路途充滿挑戰，尤其是時間緊迫的學霸們更需要一個高效且全面的準備工具。這本書正是為此而生！它不僅包含了 6 回合完整的模擬試題，還特別加入了「QR Code 線上音檔版」，讓您隨時隨地進行聽力練習，不再受限於時間和地點，真正做到隨時隨地提升實力。

這些模擬試題是由我們駐日的專家團隊經過長時間研究、精心編排而成的。每一道題目都精準還原了最新的出題趨勢，幫助學霸們在短時間內迅速熟悉考試內容，直擊考試重點。這不僅僅是幫助您通過考試，更是為您提供一個徹底掌握日語的機會，讓您在考場上穩操勝券。

還在擔心如何通過日檢？別煩惱！我們為您精心挑選了 582 道真實模擬考題，幫助學霸們全面掌握必考知識點，讓您在短期內完成考試衝刺，輕鬆獲得日檢證照。這本書已經幫助無數考生實現了他們的日檢夢想，您也絕對不會例外！

☆★☆ 1. 權威專家團隊，信賴的選擇

我們的出題專家全部來自日本本土，深入研究考試動態，將最新的考試趨勢完美融入模擬考題中。這讓您可以比其他考生更早掌握重點，更好地準備考試。這本書無疑是百萬考生的信賴之選，質量與權威的象徵。

☆★☆ 2. 詞彙高效通關，重點無遁形

準備迎戰 N4 考試？這套模擬試題將成為您的最強後盾！無論是繁瑣的漢字、複雜的詞彙，還是變化多端的題型，我們都為您精心設計，全面覆蓋從「日常」到「職業、經濟、政治」的各種場景詞彙，讓您在考場上無所不知、無所不能。每一道題目都經過嚴格篩選，難度恰到好處，確保您熟練掌握所有日檢必考內容。這不是普通的模擬考題，而是通往 N4 成功的權威指南，助您自信應對每一個挑戰！

☆★☆ 3. 文法精準突破：

想要在 N4 考試中輕鬆掌握日語文法？我們的模擬考題將成為您的最佳助攻！這套題目不僅涵蓋助詞、動詞變化等基礎文法，更深入探討複雜句型，如判斷句、授受句、使役句、條件句與順逆接句等，確保全面測試您的文法掌握程度。

我們還提供大量實際例句，讓您真正掌握文法的運用技巧，理解文法在實際交流中的應用。每道題都充滿挑戰性，讓您在考場上自信應對，輕鬆破解所有文法難題，迎戰 N4 不再迷茫！

☆★☆ 4. 閱讀輕鬆應對：

閱讀理解是日檢考試中最具挑戰性的部分之一，大量的文字和有限的時間常常讓考生不知所措。想要在 N4 考試中輕鬆破解閱讀理解的挑戰？這套模擬考題將是您的制勝利器！

我們精心設計的閱讀試題，涵蓋了簡單的「留言字條、電子郵件、廣告文案、公告或通知、報紙或雜誌的短篇文章」等多樣化的文本類型，讓您熟悉各種日語文體的風格與結構。

每一道題目都精準模擬真實考試，幫助您快速抓取關鍵資訊，並培養理清文章脈絡的能力。無論是找具體資訊還是理解段落主旨，這套練習將讓閱讀理解不再是您的弱項，而成為您考場上穩拿高分的強項！

☆★☆ 5. 聽解不再是難點，讓耳朵成為您的利器

聽解部分一直是考試中的難點，許多考生都在這一環節上失分。準備征服 N4 聽力？這套模擬考題將是您的最佳武器！我們精心設計的聽解試題，配合標準東京腔音檔，全面模擬模擬真實的語境，如朋友間的對話，讓考生熟悉不同情境中的聽力要求。從語速到語音清晰度，一絲不苟。

內容涵蓋日常對話、工作場所指示等多種場景，讓您不僅熟悉語音語調，更能輕鬆應對多元化的題型挑戰。透過不斷練習，您將鍛鍊出「日語敏銳耳」，考場上不再手足無措，自信迎戰每一道聽力題，直取高分！

☆★☆ 6. 考試就是場舞會，掌握節奏輕鬆拿證

考試如同一場舞會，掌握節奏是您成功的關鍵。我們的「6 大回合超擬真模擬試題」不僅模擬了新日檢的難度與題型，更讓您在每一次練習中找到自己的答題節奏。這樣的練習將幫助您在真正的考場上穩定心態，輕鬆掌握考試節奏感，穩步拿下日檢證照。

☆★☆ 7. 掌握考試規律，解題思路勝券在握

日檢考試題型多變，但核心規律始終如一。我們的模擬試題將幫助您徹底了解每一類考題的出題思路，找到屬於您的解題方法。無論考題如何變化，核心知識和思路才是您制勝的關鍵！

☆★☆ 8. 信心是您這位學霸最大的武器

最後，記住，信心是您這位學霸最大的武器！在考試前，告訴自己「這場考試對我來說就是小菜一碟！」。相信自己，堅定信念，成功就在眼前！加油吧！日檢證書就在您的手中，未來的職場巔峰正等著您這位學霸去征服！

立即行動，訂購這本將改變您日檢成績的神書，讓我們一起邁向成功的高峰吧！

目録もくじ

一、什麼是新日本語能力試驗呢

1. 新制「日語能力測驗」

從2010年起，將實施新制「日語能力測驗」（以下簡稱為新制測驗）。

1－1 實施對象與目的

新制測驗與現行的日語能力測驗（以下簡稱為舊制測驗）相同，原則上，實施對象為非以日語作為母語者。其目的在於，為廣泛階層的學習與使用日語者舉行測驗，以及認證其日語能力。

1－2 改制的重點

此次改制的重點有以下四項：

1 測驗解決各種問題所需的語言溝通能力

新制測驗重視的是結合日語的相關知識，以及實際活用的日語能力。因此，擬針對以下兩項舉行測驗：一是文字、語彙、文法這三項語言知識；二是活用這些語言知識解決各種溝通問題的能力。

2 由四個級數增為五個級數

新制測驗由舊制測驗的四個級數（1級、2級、3級、4級），增加為五個級數（N1、N2、N3、N4、N5）。新制測驗與舊制測驗的級數對照，如下所示。最大的不同是在舊制測驗的2級與3級之間，新增了N3級數。

N1	難易度比舊制測驗的1級稍難。合格基準與舊制測驗幾乎相同。
N2	難易度與舊制測驗的2級幾乎相同。
N3	難易度介於舊制測驗的2級與3級之間。（新增）
N4	難易度與舊制測驗的3級幾乎相同。
N5	難易度與舊制測驗的4級幾乎相同。

「N」代表「Nihongo（日語）」以及「New（新的）」。

3 施行「得分等化」

由於在不同時期實施的測驗，其試題均不相同，無論如何慎重出題，每次測驗的難易度總會有或多或少的差異。因此在新制測驗中，導入「等化」的計分方式後，便能將不同時期的測驗分數，於共同量尺上相互比較。因此，無論是在什麼時候接受測驗，只要是相同級數的測驗，其得分均可予以比較。目前全球幾種主要的語言測驗，均廣泛採用這種「得分等化」的計分方式。

新制日檢的目的，是要把所學的單字、文法、句型…都加以活用喔。

喔～原來如此，學日語，就是要活用在生活上嘛！

4 提供「日語能力測驗Can-do List」（暫稱）作參考

為了瞭解通過各級數測驗者的實際日語能力，新制測驗經過調查後，提供「日語能力測驗Can-do List」（暫稱）。本表列載通過測驗認證者的實際日語能力範例。希望通過測驗認證者本人以及其他人，皆可藉由本表更加具體明瞭測驗成績代表的意義。

1－3 所謂「解決各種問題所需的語言溝通能力」

我們在生活中會面對各式各樣的「問題」。例如，「看著地圖前往目的地」或是「讀著說明書使用電器用品」等等。種種問題有時需要語言的協助，有時候不需要。

為了順利完成需要語言協助的問題，我們必須具備「語言知識」，例如文字、發音、語彙的相關知識、組合語詞成為文章段落的文法知識、判斷串連文句的順序以便清楚說明的知識等等。此外，亦必須能配合當前的問題，擁有實際運用自己所具備的語言知識的能力。

舉個例子，我們來想一想關於「聽了氣象預報以後，得知東京明天的天氣」這個課題。想要「知道東京明天的天氣」，必須具備以下的知識：「晴れ（晴天）、くもり（陰天）、雨（雨天）」等代表天氣的語彙；「東京は明日は晴れでしょう（東京明日應是晴天）」的文句結構；還有，也要知道氣象預報的播報順序等。除此以外，尚須能從播報的各地氣象中，分辨出哪一則是東京的天氣。

如上所述的「運用包含文字、語彙、文法的語言知識做語言溝通，進而具備解決各種問題所需的語言溝通能力」，在新制測驗中稱為「解決各種問題所需的語言溝通能力」。

新制測驗將「解決各種問題所需的語言溝通能力」分成以下「語言知識」、「讀解」、「聽解」等三個項目做測驗。

語言知識	各種問題所需之日語的文字、語彙、文法的相關知識。
讀　解	運用語言知識以理解文字內容，具備解決各種問題所需的能力。
聽　解	運用語言知識以理解口語內容，具備解決各種問題所需的能力。

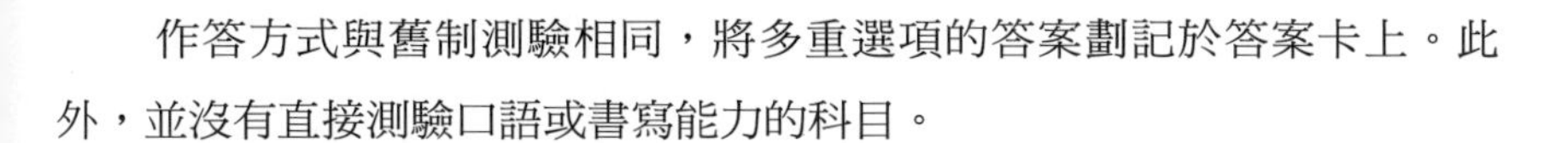

作答方式與舊制測驗相同，將多重選項的答案劃記於答案卡上。此外，並沒有直接測驗口語或書寫能力的科目。

2. 認證基準

新制測驗共分為N１、N２、N３、N４、N５五個級數。最容易的級數為N５，最困難的級數為N１。

與舊制測驗最大的不同，在於由四個級數增加為五個級數。以往有許多通過3級認證者常抱怨「遲遲無法取得2級認證」。為因應這種情況，於舊制測驗的2級與3級之間，新增了N３級數。

新制測驗級數的認證基準，如表1的「讀」與「聽」的語言動作所示。該表雖未明載，但應試者也必須具備為表現各語言動作所需的語言知識。

N４與N５主要是測驗應試者在教室習得的基礎日語的理解程度；N１與N２是測驗應試者於現實生活的廣泛情境下，對日語理解程度；至於新增的N３，則是介於N１與N２，以及N４與N５之間的「過渡」級數。關於各級數的「讀」與「聽」的具體題材（內容），請參照表1。

Q&A

Q：新制日檢級數前的「N」是指什麼？

A：「N」指的是「New（新的）」跟「Nihongo（日語）」兩層意思。

Q&A

Q：以前是4個級數，現在呢？

A：新制日檢改分為N1-N5。N3是新增的，程度介於舊制的2、3級之間。過去有許多考生反應，舊制2、3級層度落差太大，所以在這兩個級數之間，多設了一個N3的級數，您就想成是，準2級就行啦！

■ 表1 新「日語能力測驗」認證基準

	級數	認證基準 各級數的認證基準，如以下【讀】與【聽】的語言動作所示。各級數亦必須具備為表現各語言動作所需的語言知識。
↑ 困難 *	N1	能理解在廣泛情境下所使用的日語 【讀】・可閱讀話題廣泛的報紙社論與評論等論述性較複雜及較抽象的文章，且能理解其文章結構與內容。 ・可閱讀各種話題內容較具深度的讀物，且能理解其脈絡及詳細的表達意涵。 【聽】・在廣泛情境下，可聽懂常速且連貫的對話、新聞報導及講課，且能充分理解話題走向、內容、人物關係、以及說話內容的論述結構等，並確實掌握其大意。
	N2	除日常生活所使用的日語之外，也能大致理解較廣泛情境下的日語 【讀】・可看懂報紙與雜誌所刊載的各類報導、解說、簡易評論等主旨明確的文章。 ・可閱讀一般話題的讀物，並能理解其脈絡及表達意涵。 【聽】・除日常生活情境外，在大部分的情境下，可聽懂接近常速且連貫的對話與新聞報導，亦能理解其話題走向、內容、以及人物關係，並可掌握其大意。
	N3	能大致理解日常生活所使用的日語 【讀】・可看懂與日常生活相關的具體內容的文章。 ・可由報紙標題等，掌握概要的資訊。 ・於日常生活情境下接觸難度稍高的文章，經換個方式敘述，即可理解其大意。 【聽】・在日常生活情境下，面對稍微接近常速且連貫的對話，經彙整談話的具體內容與人物關係等資訊後，即可大致理解。

*容易 ↓	N4	能理解基礎日語 【讀】・可看懂以基本語彙及漢字描述的貼近日常生活相關話題的文章。 【聽】・可大致聽懂速度較慢的日常會話。
	N5	能大致理解基礎日語 【讀】・可看懂以平假名、片假名或一般日常生活使用的基本漢字所書寫的固定詞句、短文、以及文章。 【聽】・在課堂上或周遭等日常生活中常接觸的情境下，如為速度較慢的簡短對話，可從中聽取必要資訊。

3. 測驗科目

新制測驗的測驗科目與測驗時間如表2所示。

■ 表2　測驗科目與測驗時間＊①

<table>
<tr><th>級數</th><th colspan="3">測驗科目
（測驗時間）</th><th></th><th></th></tr>
<tr><td>N1</td><td colspan="2">語言知識（文字、語彙、文法）、讀解
（110分）</td><td>聽解
（60分）</td><td>→</td><td rowspan="2">測驗科目為「語言知識（文字、語彙、文法）、讀解」；以及「聽解」共2科目。</td></tr>
<tr><td>N2</td><td colspan="2">語言知識（文字、語彙、文法）、讀解
（105分）</td><td>聽解
（50分）</td><td>→</td></tr>
<tr><td>N3</td><td>語言知識（文字、語彙）
（30分）</td><td>語言知識（文法）、讀解
（70分）</td><td>聽解
（40分）</td><td>→</td><td rowspan="3">測驗科目為「語言知識（文字、語彙）」；「語言知識（文法）、讀解」；以及「聽解」共3科目。</td></tr>
<tr><td>N4</td><td>語言知識（文字、語彙）
（30分）</td><td>語言知識（文法）、讀解
（60分）</td><td>聽解
（35分）</td><td>→</td></tr>
<tr><td>N5</td><td>語言知識（文字、語彙）
（25分）</td><td>語言知識（文法）、讀解
（50分）</td><td>聽解
（30分）</td><td>→</td></tr>
</table>

N 1與N 2的測驗科目為「語言知識（文字、語彙、文法）、讀解」以及「聽解」共2科目；N 3、N 4、N 5的測驗科目為「語言知識（文字、語彙）」、「語言知識（文法）、讀解」、「聽解」共3科目。

由於N 3、N 4、N 5的試題中，包含較少的漢字、語彙、以及文法項目，因此當與N 1、N 2測驗相同的「語言知識（文字、語彙、文法）、讀解」科目時，有時會使某幾道試題成為其他題目的提示。為避免這個情況，因此將「語言知識（文字、語彙、文法）、讀解」，分成「語言知識（文字、語彙）」和「語言知識（文法）、讀解」施測。

*①聽解因測驗試題的錄音長度不同，致使測驗時間會有些許差異。

4. 測驗成績

4－1　量尺得分

舊制測驗的得分，答對的題數以「原始得分」呈現；相對的，新制測驗的得分以「量尺得分」呈現。

「量尺得分」是經過「等化」轉換後所得的分數。以下，本手冊將新制測驗的「量尺得分」，簡稱為「得分」。

4－2　測驗成績的呈現

新制測驗的測驗成績，如表3的計分科目所示。N 1、N 2、N 3的計分科目分為「語言知識（文字、語彙、文法）」、「讀解」、以及「聽解」3項；N 4、N 5的計分科目分為「語言知識（文字、語彙、文法）、讀解」以及「聽解」2項。

會將N 4、N 5的「語言知識（文字、語彙、文法）」和「讀解」合併成一項，是因為在學習日語的基礎階段，「語言知識」與「讀解」方面的重疊性高，所以將「語言知識」與「讀解」合併計分，比較符合學習者於該階段的日語能力特徵。

■ 表3 各級數的計分科目及得分範圍

級數	計分科目	得分範圍
N1	語言知識（文字、語彙、文法） 讀解 聽解	0～60 0～60 0～60
	總分	0～180
N2	語言知識（文字、語彙、文法） 讀解 聽解	0～60 0～60 0～60
	總分	0～180
N3	語言知識（文字、語彙、文法） 讀解 聽解	0～60 0～60 0～60
	總分	0～180
N4	語言知識（文字、語彙、文法）、讀解 聽解	0～120 0～60
	總分	0～180
N5	語言知識（文字、語彙、文法）、讀解 聽解	0～120 0～60
	總分	0～180

各級數的得分範圍，如表3所示。N1、N2、N3的「語言知識（文字、語彙、文法）」、「讀解」、「聽解」的得分範圍各為0～60分，三項合計的總分範圍是0～180分。「語言知識（文字、語彙、文法）」、「讀解」、「聽解」各占總分的比例是1：1：1。

N4、N5的「語言知識（文字、語彙、文法）、讀解」的得分範圍為0～120分，「聽解」的得分範圍為0～60分，二項合計的總分範圍是0～180分。「語言知識（文字、語彙、文法）、讀解」與「聽解」各占總分的比例是2：1。還有，「語言知識（文字、語彙、文法）、讀解」的得分，不能拆解成「語言知識（文字、語彙、文法）」與「讀解」二項。

除此之外，在所有的級數中，「聽解」均占總分的三分之一，較舊制測驗的四分之一為高。

N4 題型分析

測驗科目（測驗時間）		試題內容				
		題型			小題題數＊	分析
語言知識	文字、語彙	1	漢字讀音	◇	9	測驗漢字語彙的讀音。
		2	假名漢字寫法	◇	6	測驗平假名語彙的漢字寫法。
		3	選擇文脈語彙	○	10	測驗根據文脈選擇適切語彙。
		4	替換類義詞	○	5	測驗根據試題的語彙或說法，選擇類義詞或類義說法。
		5	語彙用法	○	5	測驗試題的語彙在文句裡的用法。
語言知識、讀解	文法	1	文句的文法1（文法形式判斷）	○	15	測驗辨別哪種文法形式符合文句內容。
		2	文句的文法2（文句組構）	◆	5	測驗是否能夠組織文法正確且文義通順的句子。
		3	文章段落的文法	◆	5	測驗辨別該文句有無符合文脈。
	讀解＊	4	理解內容（短文）	○	4	於讀完包含學習、生活、工作相關話題或情境等，約100~200字左右的撰寫平易的文章段落之後，測驗是否能夠理解其內容。
		5	理解內容（中文）	○	4	於讀完包含以日常話題或情境為題材等，約450字左右的簡易撰寫文章段落之後，測驗是否能夠理解其內容。
		6	釐整資訊	◆	2	測驗是否能夠從介紹或通知等，約400字左右的撰寫資訊題材中，找出所需的訊息。

聽力變得好重要喔！

沒錯，以前比重只佔整體的1/4，現在新制高達1/3喔。

聽解	1	理解問題	◇	8	於聽取完整的會話段落之後，測驗是否能夠理解其內容（於聽完解決問題所需的具體訊息之後，測驗是否能夠理解應當採取的下一個適切步驟）。
	2	理解重點	◇	7	於聽取完整的會話段落之後，測驗是否能夠理解其內容（依據剛才已聽過的提示，測驗是否能夠抓住應當聽取的重點）。
	3	適切話語	◆	5	於一面看圖示，一面聽取情境說明時，測驗是否能夠選擇適切的話語。
	4	即時應答	◆	8	於聽完簡短的詢問之後，測驗是否能夠選擇適切的應答。

*「小題題數」為每次測驗的約略題數，與實際測驗時的題數可能未盡相同。此外，亦有可能會變更小題題數。

*有時在「讀解」科目中，同一段文章可能會有數道小題。

*新制測驗與舊制測驗題型比較的符號標示

◆	舊制測驗沒有出現過的嶄新題型。
◇	沿襲舊制測驗的題型，但是更動部分形式。
○	與舊制測驗一樣的題型。

JLPT N4

試験問題

(しけんもんだい)

STS

答對：／34題

測驗日期：___月___日

第1回

言語知識（文字・語彙）

もんだい１ ___の　ことばは　ひらがなで　どう　かきますか。１・２・３・４から　いちばん　いい　ものを　ひとつ　えらんで　ください。

（例）春に　なると　さくらが　さきます。

1　はる　　2　なつ　　3　あき　　4　ふゆ

（かいとうようし）　| （例） | ●②③④ |

1　あの　森まで　あるいて　いきます。

1　はやし　　2　もり　　3　いえ　　4　き

2　かみを　半分に　おります。

1　はんぶん　　2　はふん　　3　はぶん　　4　はんふん

3　山の　中に　湖が　あります。

1　うみ　　2　みずうみ　　3　みなと　　4　いけ

4　小学生　以下は　お金を　はらわなくて　いいです。

1　いか　　2　いじょう　　3　まで　　4　した

5　安全な　ところで　あそびます。

1　あんしん　　2　あんぜん　　3　かんぜん　　4　かんしん

6　何度も　失敗　しました。

1　しつぱい　　2　しっはい　　3　しっぱい　　4　しつはい

7 自分の　意見を　言います。

1　いみ　　2　いげん　　3　かんじ　　4　いけん

8 明日から　旅行に　行きます。

1　りゅこう　　2　りょこお　　3　りょこう　　4　りよこ

9 エレベーターの　前の　白い　ドアから　入って　ください。

1　みぎ　　2　まえ　　3　ひだり　　4　うしろ

もんだい2　＿＿の　ことばは　どう　かきますか。1・2・3・4から　いちばん　いい　ものを　ひとつ　えらんで　ください。

(例)　毎日、この　道を　とおります。

1　返ります　　2　通ります　　3　送ります　　4　運ります

(かいとうようし)

(例)	① ● ③ ④

10　かれは　とおい　国から　来ました。

1　遠い　　2　近い　　3　遠い　　4　赾い

11　白い　かみに　字を　かきます。

1　糸　　2　紙　　3　氏　　4　終

12　おいわいの　てがみを　もらいました。

1　お祝い　　2　お祝い　　3　お社い　　4　お祝い

13　あには　新しい　薬の　けんきゅうを　して　います。

1　研急　　2　硏究　　3　研究　　4　硏急

14　やっと　しごとが　おわりました。

1　終りました　　2　終はりました　　3　終わいました　　4　終わりました

15　おいしい　パンを　かって　きました。

1　買って　　2　売って　　3　勝って　　4　変って

もんだい3 （　　）に　なにを　いれますか。1・2・3・4から　いちばん　いい　ものを　ひとつ　えらんで　ください。

（例）わからない　ことばは、（　　）を　引きます。

1　ほん　　2　せんせい　　3　じしょ　　4　がっこう

（かいとうようし）

（例）	①②●④

16　かさが　ないので、雨が　（　　）まで　待ちましょう。

1　かたまる　　2　とまる　　3　ふる　　4　やむ

17　にゅういんちゅうの　友だちを　（　　）に　いきました。

1　おみやげ　　2　おみまい　　3　おれい　　4　おつり

18　おとうとが　小学校に　（　　）しました。

1　にゅういん　　2　にゅうがく　　3　ひっこし　　4　そつぎょう

19　うみの　そばの　ホテルを　（　　）しました。

1　よやく　　2　よしゅう　　3　あいさつ　　4　じゆう

20　へやを　（　　）、きれいに　しましょう。

1　かたづけて　　2　すてて　　3　さがして　　4　まぜて

21　英語が　話せるように　なったのは、（　　）です。

1　さいしょ　　2　さいきん　　3　さいご　　4　さいしゅう

22　みんなで、山に　木を（　　）。

1　いれました　　2　まきました　　3　うちました　　4　うえました

23　かいじょうに　人が　（　　）　あつまって　きました。

1　つるつる　　2　どんどん　　3　さらさら　　4　とんとん

24 この　中から　ひとつを　（　　　）　ください。

1　えらんで　　2　あつめて　　3　くらべて　　4　して

もんだい４　＿＿の　ぶんと　だいたい　おなじ　いみの　ぶんが　あります。１・２・３・４から　いちばん　いい　ものを　ひとつ　えらんで　ください。

(例)　<u>おとうとは　先生に　ほめられました。</u>

1　先生は　おとうとに　「よく　できたね」と　言いました。
2　先生は　おとうとに　「こまったね」と　言いました。
3　先生は　おとうとに　「気を　つけろ」と　言いました。
4　先生は　おとうとに　「もう　いいかい」と　言いました。

（かいとうようし）　 

(例)	● ② ③ ④

25　<u>でんしゃが　えきを　しゅっぱつしました。</u>

1　でんしゃが　えきに　とまりました。
2　でんしゃが　えきを　出ました。
3　でんしゃが　えきに　つきました。
4　でんしゃが　えきを　とおりました。

26　<u>りょこうの　けいかくを　立てて　います。</u>

1　りょこうに　行く　よていは　ありません。
2　りょこうに　行くと　きいて　います。
3　りょこうに　行った　ことを　おもいだして　います。
4　りょこうの　よていを　かんがえて　います。

27　<u>おたくは　どちらですか。</u>

1　あなたは　どこに　行きたいのですか。
2　あなたの　いえに　行っても　いいですか。
3　あなたの　いえは　どこですか。
4　あなたに　ききたい　ことが　あります。

28 テレビが　こしょうして　しまいました。

1　テレビが　なく　なって　しまいました。

2　テレビが　みられなく　なって　しまいました。

3　テレビが　かえなく　なって　しまいました。

4　テレビが　きらいに　なって　しまいました。

29 あねは、とても　うまく　うたを　うたいます。

1　あねは、とても　じょうずに　うたを　うたいます。

2　あねは、とても　たのしそうに　うたを　うたいます。

3　あねは、とても　たかい　こえで　うたを　うたいます。

4　あねは、とても　うるさく　うたを　うたいます。

回數

1 2 3 4 5 6

もんだい５　つぎの　ことばの　つかいかたで　いちばん　いい　ものを　１・２・３・４から　ひとつ　えらんで　ください。

（例（れい））　こわい

1　へやが　くらいので、こわくて　入れません。

2　足が　こわくて　もう　走れません。

3　外は　こわくて　かぜを　ひきそうです。

4　この　パンは　こわくて　おいしいです。

（かいとうようし）

（例（れい））	● ② ③ ④

30　つれる

1　かばんを　つれて　きょうしつに　はいりました。

2　先生を　つれて　べんきょうを　しました。

3　犬を　つれて　さんぽを　しました。

4　ごみを　つれて　すてました。

31　あんない

1　何回も　よんで、その　ことばを　あんないしました。

2　パソコンで　その　いみを　あんないしました。

3　あなたに　いもうとを　あんないします。

4　大学の　中を　あんないしました。

32　そだてる

1　大きな　たてものを　そだてました。

2　子どもを　きびしく　そだてました。

3　にわの　花に　水を　そだてました。

4　はたらいて　お金を　そだてました。

33 やわらかい

1 やわらかい　ふとんで　ねました。

2 やわらかい　べんきょうを　しました。

3 やわらかい　川が　ながれて　います。

4 やわらかい　山に　のぼりました。

34 おる

1 パンを　おさらに　おりました。

2 木の　えだを　おりました。

3 ちゃわんを　おとして　おって　しまいました。

4 せんたくした　シャツを　おって、かたづけました。

答對：

／35 題

言語知識（文法）・読解

もんだい１　（　　）に　何を　入れますか。１・２・３・４から　いちばん　いい　ものを　一つ　えらんで　ください。

（例）わたしは　毎日　散歩　（　　）　します。

1　が　　2　を　　3　や　　4　に

（解答用紙）

（例）	①●③④

1　弟は　今朝　ご飯を　三杯　（　　）　食べました。

1　に　　2　も　　3　と　　4　を

2　外に　だれが　いる（　　）見て　きて　ください。

1　と　　2　の　　3　か　　4　も

3　だれでも　練習　すれ　（　　）　できるように　なります。

1　や　　2　が　　3　たら　　4　ば

4　明日、学校で　試験が　（　　）　ます。

1　行い　　2　行われ　　3　行った　　4　行う

5　「早く　（　　）！　学校に　遅れるよ！」

1　起きる　　2　起きろ　　3　起きた　　4　起きない

6　A「この　パンを　（　　）。おいしいよ。」

B「本当だ！　とても　おいしい！」

1　食べた　とき　　2　食べながら　　3　食べないで　　4　食べて　みて

7　「桃太郎」（　　）お話を　知って　いますか。

1　と　　2　と　いい　　3　と　いう　　4　と　思う

8 （レストランで）

小林「鈴木さんは　（　　　）？」

鈴木「私は　サンドイッチに　しよう。」

1　何と　する　　2　何に　する　　3　何を　した　　4　何でした

9 かわいい　服が　あった（　　　）、高くて　買えませんでした。

1　のに　　2　から　　3　だけ　　4　ので

10 朝　起き　（　　　）、もう　11時でした。

1　れば　　2　なら　　3　でも　　4　たら

11 先生に　分からない　問題を　教えて　（　　　）。

1　くださいました　　2　いただきました

3　いたしました　　4　さしあげました

12 佐藤さんは　優しい　（　　　）、みんなから　好かれて　います。

1　ので　　2　まで　　3　けど　　4　ように

13 （電話で）

山田「もしもし。田中君は　今　何を　して　いますか。」

田中「今　お昼ご飯を　食べて　いる　（　　　）。」

1　と　思います　　2　そうです　　3　ところです　　4　ままです

14 王さんは　林さん　（　　　）　足が　速く　ない。

1　まで　　2　ほど　　3　なら　　4　ので

15 食べ（　　　）　大きさに　野菜を　切って　ください。

1　ている　　2　そうな　　3　にくい　　4　やすい

もんだい２　＿★＿　に　入る　ものは　どれですか。１・２・３・４から　いちばん　いい　ものを　一つ　えらんで　ください。

（問題例）

A「　＿＿＿　＿＿＿　＿★＿　＿＿＿か。」

B「はい、だいすきです。」

1　すき　　2　ケーキ　　3　は　　4　です

（答え方）

1．正しい　文を　作ります。

A「　＿＿＿　＿＿＿　＿★＿　＿＿＿か。」
　　2ケーキ　3は　1すき　4です
B「はい、だいすきです。」

2．＿★＿　に　入る　番号を　黒く　塗ります。

（解答用紙）　（例）　●②③④

16　A「もし　動物に　＿＿＿　＿＿＿　＿★＿　＿＿＿　ですか。」

B「わたしは　ねこが　いいです。」

1　なりたい　　2　なる　　3　何に　　4　なら

17　A「コンサートで　ピアノを　ひきます。聞きに　きて　いただけますか。」

B「すみません。＿＿＿　＿＿＿　＿★＿　＿＿＿　行けません。」

1　が　　2　用　　3　ので　　4　ある

18 「お電話(でんわ)で ＿＿＿ ＿＿＿ ＿★＿ ＿＿＿ ご説明(せつめい)いたします。」

1 お話(はな)し　　2 ついて　　3 した　　4 ことに

19 (デパートで)

店員(てんいん)「どんな　服(ふく)を　おさがしですか。」

客(きゃく)「家(いえ)で ＿＿＿ ＿＿＿ ＿★＿ ＿＿＿ もめんの　服(ふく)を　さがして　います。」

1 せんたく　　2 ことが　　3 できる　　4 する

20 先生(せんせい)「あなたは　しょうらい ＿＿＿ ＿＿＿ ＿★＿ ＿＿＿ ですか。」

学生(がくせい)「まだ、考(かんが)えて　いません。」

1 なり　　2 何(なに)　　3 たい　　4 に

もんだい3　[21] から [25] に　何を　入れますか。文章の　意味を　考えて、1・2・3・4から　いちばん　いい　ものを　一つ　えらんで　ください。

下の　文章は　「日本の　秋」に　ついての　作文です。

> 「台風」
>
> エイミー・ロビンソン
>
> 　去年の　秋、わたしの　住む　町に　台風が　きました。天気予報では　とても　大きい　台風だと　放送して　いました。
>
> 　アパートの　となりの　人が、「部屋の　外に　置いて　ある　ものが　とんで　いく [21] から、部屋の　中に [22] よ。」と　言いました。わたしは、外に　出して　ある　ものが　とんで [23] 、中に　入れました。
>
> 　夜に　なって、とても　強い　風が　ずっと　ふいて　いました。まどの　ガラスが [24] 、とても　こわかったです。
>
> 　朝に　なって　外に　出ると、空は　うその　ように　晴れて　いました。風に [25] 　とんだ　木の葉が、道に　たくさん　落ちて　いました。

21

1　と　いい　　　　2　かもしれない

3　はずが　ない　　4　ことに　なる

22

1　入れようと　する　　　2　入れて　おくかもしれない

3　入れて　おく　はずです　4　入れて　おいた　ほうが　いい

23

1　いくのに　　　　2　いくらしいので

3　いかないように　4　いくように

24

1　われそうで　　2　われないで

3　われるらしく　　4　われるように

25

1　ふく　　2　ふいて　　3　ふかせて　　4　ふかれて

もんだい4　つぎの (1) から (4) の文章を読んで、質問に答えてください。答えは、1・2・3・4から、いちばんいいものを一つえらんでください。

(1)

会社の周さんの机の上に、次のメモが置いてあります。

周さん

2時ごろ、伊東さんから電話がありました。外からかけているので、また、後でかけるということです。こちらから、携帯電話にかけましょうか、と聞いたら、会議中なので、そうしないほうがよいということでした。

1時間くらい後に、またかかってくると思います。

相葉

26　周さんは、どうすればよいですか。

1　伊東さんの携帯に電話します。
2　伊東さんの会社に電話します。
3　伊東さんから電話がかかってくるのを待ちます。
4　1時間くらい後に伊東さんに電話します。

(2)

駅の前に、次のようなお知らせがあります。

自転車は止められません

◆ この場所は、自転車を止めてはいけないと決められています。

◆ お金をはらえば止められる＊自転車置き場が、駅の近くにあります。
1日…100円

◆ 1か月以上自転車を止めたい人は、市の事務所に電話をして、長く止める自転車置き場が空いているかどうか聞いてください。（電話番号 12-3456-78××）
空いている場所がない時は、空くのを待つ必要があります。
1か月…2,000円

＊自転車置き場：自転車を止める場所。

27 メイソンさんは4月から、会社に勤めることになりました。駅までは毎日自転車で行こうと思っています。どうしたらよいですか。

1 自転車を、駅前に止めます。
2 自転車を、事務所の前に止めます。
3 自転車置き場に行って、100円はらいます。
4 市の事務所に電話して、空いているかどうか聞きます。

(3)

ソさんに、友だちから、次のようなメールが来ました。

ソさん

今夜のメイさんの送別会ですが、井上先生が急に病気になったので、出席できないそうです。かわりに高田先生がいらっしゃるということですので、お店の予約人数は同じです。

メイさんにわたすプレゼントを、わすれないように、持ってきてください。よろしくお願いします。

坂田

---

28 ソさんは、何をしますか。

1 お店の予約を、一人少なくします。
2 お店の予約を、一人多くします。
3 井上先生に、おみまいの電話をかけます。
4 プレゼントを持って、送別会に行きます。

(4)

石川さんは、看護師の仕事をしています。朝は、入院している人に一人ずつ体の具合を聞いたり、おふろに入れない人の体をきれいにしてあげたりします。そのあと、お医者さんのおこなう注射などの準備もします。ごはんの時間には、食事のてつだいもします。しなければならないことがとても多いので、一日中たいへんいそがしいです。

29 石川さんの仕事<u>ではない</u>ものはどれですか。

1 入院している人に体の具合を聞くこと
2 おふろに入れない人の体をきれいにしてあげること
3 入院している人の食事をつくること
4 お医者さんのおこなう注射の準備をすること

回數

1

2

3

4

5

6

もんだい5　つぎの文章を読んで、質問に答えてください。答えは、1・2・3・4から、いちばんいいものを一つえらんでください。

わたしは冬休み、デパートに買い物に行きました。家から駅までは歩いて10分くらいかかります。駅から地下鉄に30分乗り、デパートの近くの駅で降りました。

デパートに入ると、わたしは、①手袋を探しました。その前の雪が降った日になくしてしまったのです。しかし、手袋の売り場がなかなか見つかりません。わたしは店員に、「手袋売り場はどこですか。」と聞きました。店員は「3階にあります。エレベーターを使ってください。」と教えてくれました。

売り場にはいろいろな手袋が置いてありました。とても暖かそうなものや、指が出せるもの、高いもの、安いものなど、たくさんあって、なかなか選ぶことができませんでした。すると、店員が「どんな手袋をお探しですか。」と聞いたので、「明るい色のあまり高くない手袋がほしいです。」と答えました。

店員が「②これはどうですか。」と言って、棚の中から手袋を出して持ってきてくれました。思ったより少し高かったですが、とてもきれいな青い色だったので、③それを買うことに決めました。買った手袋をもって、「早く学校が始まらないかなあ。」と思いながら家に帰りました。

30　「わたし」の家からデパートまで、どのくらいかかりましたか。

1　10分ぐらい　　2　30分ぐらい　　3　40分ぐらい　　4　1時間ぐらい

31　「わたし」は、どうして①手袋を探したのですか。

1　去年の冬、なくしてしまったから
2　雪の日になくしてしまったから
3　きれいな色の手袋がほしくなったから
4　前の手袋は丈夫でなかったから

32　②これは、どんな手袋でしたか。

1　暖かそうな手袋　　2　指が出せる手袋　　3　安い手袋　　4　色がよい手袋

33　「わたし」はどうして③それを買うことに決めましたか。

1　きれいな色だったから
2　青いのがほしかったから
3　あまり高くなかったから
4　手袋がいるから

Check □1 □2 □3

読解

もんだい６　右のページの「やまだ区立図書館　利用案内」を見て、下の質問に答えてください。答えは、１・２・３・４から、いちばんいいものを一つえらんでください。

34　ワンさんは、やまだ区に住んでいます。友だちのイさんは、そのとなりのおうじ区に住んでいます。二人とも、やまだ区にある学校に通っています。やまだ区立図書館は、だれが利用できますか。

1　ワンさんとイさんの二人とも利用できる。

2　ワンさんだけ利用できる。

3　イさんだけ利用できる。

4　どちらも利用できない。

35　今野さんは、やまだ区立図書館の利用者カードを作りました。１月４日にやまだ区立図書館に行くと、読みたい本が２冊と、見たいDVDが２点ありました。今野さんは、このうち、何と何を借りることができますか。

1　本２冊とDVD2点

2　本１冊とDVD2点

3　本２冊とDVD1点

4　どれも借りることができない

やまだ区立図書館　利用案内

1. 時間　午前9時～午後9時

2. 休み　○月曜日
　　　　○年末年始　12月29日～1月3日
　　　　○本の整理日　毎月の最後の金曜日

3. 利用のしかた
　○利用できる人　・やまだ区に住んでいる人
　　　　　　　　　・やまだ区にある学校・会社などに通っている人

4. 利用者カード…本を借りるためには、利用者カードが必要です。
　○カードを作るためには、次のものを持ってきてください。
　　・住所がわかるもの（けんこうほけん証など）。または、勤め先や学校の住所がわかるもの（学生証など）。

5. 本を借りるためのきまり

<table>
<tr><th>借りるもの</th><th>借りられる数</th><th>期間</th><th>注意</th></tr>
<tr><td>本</td><td rowspan="2">合わせて6冊</td><td rowspan="4">2週間</td><td rowspan="2">新しい雑誌は借りられません。</td></tr>
<tr><td>雑誌</td></tr>
<tr><td>CD</td><td rowspan="2">合わせて3点（そのうちDVDは1点まで）</td><td rowspan="2"></td></tr>
<tr><td>DVD</td></tr>
</table>

T1-1～1-9

もんだい 1

もんだい1では、まず　しつもんを　聞いて　ください。それから　話を　聞いて、もんだいようしの　1から4の　中から、いちばん　いい　ものを　一つ　えらんで　ください。

れい

1　月曜日
2　火曜日
3　水曜日
4　金曜日

1ばん

1
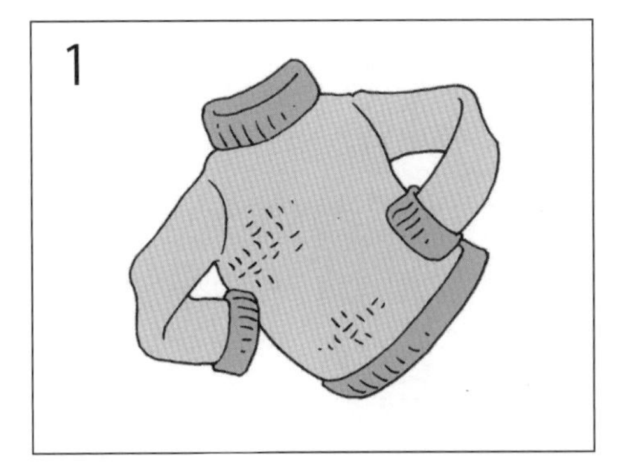

2

3

4

2ばん

1

2

3

4
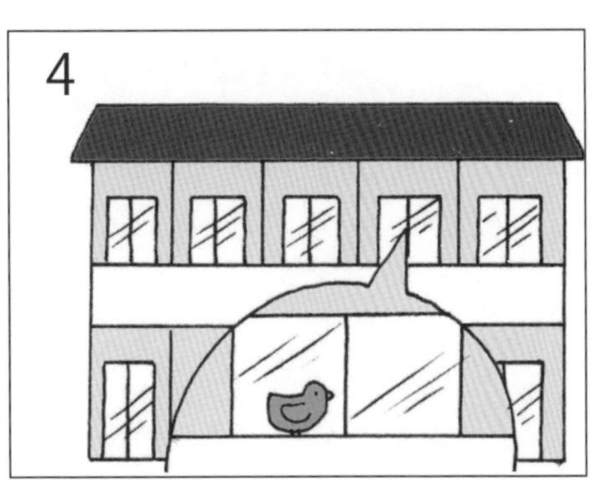

3ばん

4ばん

1　午前(ごぜん)　4時半(じはん)

2　午前(ごぜん)　5時(じ)8分(ぷん)

3　午前(ごぜん)　5時(じ)35分(ふん)

4　午前(ごぜん)　6時(じ)

5ばん

1　田中先生に　本を　返し、図書館で　本を　借りる

2　一度　田中先生に　返して　から、また、自分で　借りる

3　田中先生に　返さないで、そのまま　自分で　借りて　おく

4　田中先生に　本を　貸して　ほしいと　電話する

6ばん

7ばん

1　目(め)を　あらう

2　めがねを　かける

3　医者(いしゃ)に　行(い)く

4　花粉症(かふんしょう)の　薬(くすり)を　飲(の)む

8ばん

1　50 メートル先(さき)の　角(かど)の　駐車場(ちゅうしゃじょう)

2　デパートの　駐車場(ちゅうしゃじょう)

3　公園(こうえん)の　そばの　駐車場(ちゅうしゃじょう)

4　スーパーの　駐車場(ちゅうしゃじょう)

もんだい２

もんだい２では、まず　しつもんを　聞いて　ください。そのあと、もんだいようしを　見て　ください。読む　時間が　あります。それから　話を　聞いて、もんだいようしの　１から４の　中から、いちばん　いい　ものを　一つ　えらんで　ください。

れい

1　デジカメを　持って　いないから

2　女の人の　デジカメが　気に　入って　いるから

3　自分の　カメラは　重いから

4　自分の　カメラは　こわれて　いるから

1ばん

1　ハンバーグ

2　天(てん)ぷら

3　カレーライス

4　サンドイッチ

2ばん

1　300円(えん)

2　240円(えん)

3　100円(えん)

4　120円(えん)

3ばん

1　A組

2　B組

3　C組

4　D組

4ばん

1　学校が　休みに　なったから

2　桜が　きれいだから

3　見たい　お寺が　あるから

4　歴史の　勉強に　なるから

5ばん

1　ホテルで　一日中(いちにちじゅう)　寝(ね)ていた

2　ゆっくり　散歩(さんぽ)して　いた

3　ホテルの　庭(にわ)で　絵(え)を　かいて　いた

4　バスで　いろいろな　所(ところ)に　行(い)った

6ばん

1　雨(あめ)　ときどき　曇(くも)り

2　晴(は)れ、夜(よる)から　雨(あめ)

3　一日中(いちにちじゅう)　晴(は)れ

4　一日中(いちにちじゅう)　雨(あめ)

7ばん

1　音楽の　先生
2　看護師
3　電車の　運転手
4　小学校の　先生

もんだい３

もんだい３では、えを　見ながら　しつもんを　聞いて　ください。

➡（やじるし）の　人は　何と　言いますか。１から３の　中から、いちばん　いい　ものを　一つ　えらんで　ください。

れい

1ばん

2ばん

3ばん

4ばん

5ばん

もんだい４

もんだい４では、えなどが　ありません。まず　ぶんを　聞(き)いて　ください。それから、そのへんじを　聞(き)いて、１から３の　中(なか)から、いちばん　いい　もの　を　一(ひと)つ　えらんで　ください。

― メモ ―

MEMO

答對：

／34 題

測驗日期：＿月＿日

第２回

言語知識（文字・語彙）

もんだい１　＿＿の　ことばは　ひらがなで　どう　かきますか。１・２・３・４　から　いちばん　いい　ものを　ひとつ　えらんで　ください。

（例）春に　なると　さくらが　さきます。

1　はる　　2　なつ　　3　あき　　4　ふゆ

（かいとうようし）

（例）	● ② ③ ④

1　早く　医者に　行った　ほうが　いいですよ。

1　いしや　　2　いし　　3　いしゃ　　4　せんせい

2　ごご、えいごの　授業が　あります。

1　じゅぎょう　　2　こうぎ　　3　べんきょう　　4　せつめい

3　水道の　みずを　のみます。

1　すいとう　　2　すいと　　3　すうどう　　4　すいどう

4　会社の　受付に　きて　ください。

1　うけつき　　2　うけつけ　　3　いりぐち　　4　げんかん

5　夫は　ぎんこうで　はたらいて　います。

1　おとうと　　2　おっと　　3　あに　　4　つま

6　大学で　経済の　べんきょうを　して　います。

1　けいさい　　2　けいけん　　3　けいざい　　4　れきし

7 わたしには　関係が　ない　ことです。

1　かんけい　　2　かいけい　　3　かんけ　　4　かいかん

8 朝　出かける　まえに　鏡を　見ます。

1　かかみ　　2　すがた　　3　かお　　4　かがみ

9 かれは　この国で　有名な　人です。

1　ゆうめい　　2　ゆめい　　3　ゆうかん　　4　ゆうめ

もんだい２　＿＿の　ことばは　どう　かきますか。１・２・３・４から　いちばん　いい　ものを　ひとつ　えらんで　ください。

（例）毎日、この　道を　とおります。

1　返ります　　2　通ります　　3　送ります　　4　運ります

（かいとうようし）

（例）	①　●　③　④

10　二つの　はこの　大きさを　くらべて　みましょう。

1　北べて　　2　比べて　　3　並べて　　4　巴べて

11　母は　近くの　スーパーで　しごとを　して　います。

1　任事　　2　士事　　3　仕事　　4　仕事

12　かった　本を　さいしょから　読みました。

1　最初　　2　先初　　3　最始　　4　最初

13　ここに　ごみを　すてないで　ください。

1　拾て　　2　捨て　　3　放て　　4　落て

14　毎朝、つめたい　水で　顔を　あらいます。

1　冷い　　2　冷たい　　3　令い　　4　令たい

15　子どもは　いえの　そとで　あそびます。

1　外　　2　中　　3　表　　4　トタ

もんだい３　（　　　）に　なにを　いれますか。１・２・３・４から　いちばん　いい　ものを　ひとつ　えらんで　ください。

(例) わからない　ことばは、（　　　）を　引きます。

1　ほん　　2　せんせい　　3　じしょ　　4　がっこう

（かいとうようし）

(例)	①②●④

16　歩いて　いて、金色の　ゆびわを　（　　　）ました。

1　うり　　2　ひろい　　3　もち　　4　たし

17　パソコンの　つかいかたを　（　　　）して　もらいました。

1　けんきゅう　　2　しょうかい　　3　せつめい　　4　じゅんび

18　せきが　（　　　）ので、すわりましょう。

1　すいた　　2　うごいた　　3　かえた　　4　あいた

19　かいだんから　おちて　（　　　）を　しました。

1　けが　　2　ほね　　3　むり　　4　けいけん

20　山田さんは　歌が　とても（　　　）ので、おどろきました。

1　あまい　　2　とおい　　3　うまい　　4　ふかい

21　学校に　行くには　電車を　（　　　）なければ　なりません。

1　とりかえ　　2　のりかえ　　3　まちがえ　　4　ぬりかえ

22　先生が　くると　せいとたちは　（　　　）しずかに　なりました。

1　はっきり　　2　なるべく　　3　あまり　　4　きゅうに

23　どろぼうは　けいかんに　おいかけられて　（　　　）いきました。

1　なげて　　2　とめて　　3　にげて　　4　ぬれて

24 5階に　ある　お店には　（　　　）で　上がります。

1　エスカレーター　　2　ストーカー

3　コンサート　　4　スクリーン

回數

1
2
3
4
5
6

もんだい4　＿＿の　ぶんと　だいたい　おなじ　いみの　ぶんが　あります。1・2・3・4から　いちばん　いい　ものを　ひとつ　えらんで　ください。

(例)　おとうとは　先生に　ほめられました。

1　先生は　おとうとに　「よく　できたね」と　言いました。
2　先生は　おとうとに　「こまったね」と　言いました。
3　先生は　おとうとに　「気を　つけろ」と　言いました。
4　先生は　おとうとに　「もう　いいかい」と　言いました。

（かいとうようし）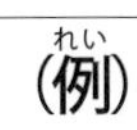 

25　でんしゃは　すいています。

1　でんしゃの　中には　せきが　ぜんぜん　ありません。
2　でんしゃの　中には　すこしだけ　人が　います。
3　でんしゃの　中は　人で　いっぱいです。
4　でんしゃの　中は　空気が　わるいです。

26　中村さんは　テニスの　初心者です。

1　中村さんは　テニスが　とても　うまいです。
2　中村さんは　テニスを　する　つもりは　ありません。
3　中村さんは　さいきん　テニスを　習いはじめました。
4　中村さんは　テニスが　とても　すきです。

27　山田さんは　昨日　友だちの　いえを　たずねました。

1　山田さんは　昨日　友だちに　あいました。
2　山田さんは　昨日　友だちに　でんわを　しました。
3　山田さんは　昨日　友だちの　いえを　さがしました。
4　山田さんは　昨日　友だちの　いえに　行きました。

28 車は　通行止めに　なって　います。

1　車だけ　通れる　ように　なって　います。

2　車を　止めて　おく　ところが　あります。

3　車は　通れなく　なって　います。

4　車が　たくさん　通って　います。

29 わたしは　先生に　しかられました。

1　先生は　わたしに　「きそくを　まもりなさい」と　言いました。

2　先生は　わたしに　「がんばったね」と　言いました。

3　先生は　わたしに　「からだに　気を　つけて」と　言いました。

4　先生は　わたしに　「どうも　ありがとう」と　言いました。

もんだい５ つぎの ことばの つかいかたで いちばん いい ものを １・２・３・４から ひとつ えらんで ください。

（例）こわい

1 へやが くらいので、こわくて 入れません。
2 足が こわくて もう 走れません。
3 外は こわくて かぜを ひきそうです。
4 この パンは こわくて おいしいです。

（かいとうようし）  

30 こまかい

1 かのじょは こまかい うでを して います。
2 ノートに こまかい 字が ならんで います。
3 公園で こまかい 子どもが あそんで います。
4 こまかい 時間ですが、楽しんで ください。

31 かんたん

1 ハンバーグの かんたんな 作り方を 教えます。
2 この りょうりは かんたんな 時間で できます。
3 あすは かんたんな 天気に なるでしょう。
4 ここは むかし、かんたんな 町でした。

32 ほぞん

1 すぐに けが人を ほぞんします。
2 教室の かぎは 先生が ほぞんして います。
3 この おかしは、れいぞうこで ほぞんして ください。
4 その もんだいは ほぞんに なって います。

文字・語彙

33 ひらく

1　へやを　ひらいて　きれいに　しました。

2　ケーキを　ひらいて　おさらに　入れました。

3　テレビを　ひらいて　ニュースを　見ました。

4　テキストの　15ページを　ひらいて　ください。

34 しばらく

1　つぎの　電車が　しばらく　来ます。

2　この　雨は　しばらく　やみません。

3　長い　冬が　しばらく　終わりました。

4　きょうの　しあいは　しばらく　まけました。

答對：

／35 題

言語知識（文法）・読解

もんだい1　（　　）に　何を　入れますか。1・2・3・4から　いちばん　いい　ものを　一つ　えらんで　ください。

（例（れい））わたしは　毎日（まいにち）　散歩（さんぽ）（　　）　します。

1　が　　2　を　　3　や　　4　に

（解答用紙（かいとうようし））

（例（れい））	①　●　③　④

1　A「今日（きょう）は　どこに　行（い）った（　　）？」
　B「お姉（ねえ）ちゃんと　公園（こうえん）に　行（い）ったよ。」

1　に　　2　の　　3　が　　4　ので

2　佐藤君（さとうくん）（　　）　かさを　貸（か）して　くれました。

1　で　　2　と　　3　や　　4　が

3　宿題（しゅくだい）は　5時（じ）（　　）　終（お）わらせよう。

1　までも　　2　までは　　3　までに　　4　までか

4　まんが（　　）　読（よ）んで　いないで　勉強（べんきょう）しなさい。

1　でも　　2　も　　3　ばかり　　4　まで

5　夕方（ゆうがた）に　なると　空（そら）の　色（いろ）が（　　）。

1　変（か）えて　ください　　2　変（か）わって　ください
3　変（か）えて　いきます　　4　変（か）わって　いきます

6　母（はは）が　子（こ）どもに　部屋（へや）の　そうじを（　　）。

1　しました　　2　させました
3　されました　　4　して　いました

7 A「今から　一緒に　遊びませんか。」
B「ごめんなさい。今日は　母と　買い物に　（　　　）。」

1　行きなさい　　2　行きました
3　行く　つもりです　　4　行く　はずが　ありません

8 ベルが　（　　　）　書くのを　やめてください。

1　鳴ったら　　2　鳴ったと　　3　鳴るたら　　4　鳴ると

9 毎日　花に　水を　（　　　）。

1　くれます　　2　やります
3　もらいます　　4　いただきます

10 先生が　作文の　書き方を　教えて　（　　　）。

1　いただきました　　2　さしあげました
3　くださいました　　4　なさいました

11 雨が　降り（　　　）。建物の　中に　入りましょう。

1　はじまりました　　2　つづきました
3　おわりました　　4　だしました

12 授業中は　静かに　（　　　）。

1　しそうだ　　2　しなさい　　3　したい　　4　しつづける

13 京都の　（　　　）は、思った以上でした。

1　暑さ　　2　暑い　　3　暑くて　　4　暑いので

14 A「鈴木さんを　知って　いますか。」
B「はい。ときどき　電車の　中で　（　　　）。」

1　会わなくても　いいです　　2　会う　ことが　あります
3　会うと　思います　　4　会って　みます

15 大学へ　行く　（　　　）、一生懸命　勉強して　います。

1　ところ　　2　けれど　　3　ために　　4　からも

もんだい2　＿★＿に　入る　ものは　どれですか。1・2・3・4から　いちばん　いい　ものを　一つ　えらんで　ください。

（問題例）

A「＿＿＿　＿＿＿　＿★＿　＿＿＿か。」

B「はい、だいすきです。」

1　すき　　2　ケーキ　　3　は　　4　です

（答え方）

1.　正しい　文を　作ります。

A「＿＿＿＿　＿＿＿＿　＿★＿　＿＿＿＿か。」
2 ケーキ　3 は　1 すき　4 です
B「はい、だいすきです。」

2.　＿★＿に　入る　番号を　黒く　塗ります。

（解答用紙）　（例）　● ② ③ ④

16　（駅で）

A「新宿に　行きたいのですが、どこから　電車に　乗れば　よいですか。」

B「＿＿＿　＿＿＿　＿★＿　＿＿＿　ください。」

1　3番線　　2　お乗り　　3　むこうの　　4　から

17　A「日曜日は　ゴルフにでも　行きますか。」

B「そうですね。それでは　＿＿＿　＿＿＿　＿★＿　＿＿＿　しましょう。」

1　に　　2　行く　　3　ゴルフ　　4　ことに

18 中村「本田さん、あすの　音楽会は　どこに　集まりますか。」

本田「6時に　______　______　__★__　______　どうでしょう。」

1　うけつけの　　2　集まったら　　3　会場の　　4　ところに

19 「あさっての　______　______　__★__　______　かならず　もって　くるように　ということです。」

1　なので　　2　じしょが　　3　必要　　4　じゅぎょうには

20 A「学校の　よこの　食堂には　いつも　たくさん　客が　来て　いますね。」

B「とても______　______　__★__　______よ。」

1　ひょうばんの　　2　おいしいと　　3　ようです　　4　店の

回數

1

2

3

4

5

6

もんだい３　**21**　から　**25**　に　何を　入れますか。文章の　意味を　考えて、１・２・３・４から　いちばん　いい　ものを　一つ　えらんで　ください。

下の　文章は　「買い物」に　ついての　作文です。

「夕方の買い物」

陳亭瑩

夕方、母に　**21**　近くの　肉屋さんに　買い物に　行きました。肉屋の　おじさんが、「今から　肉を　安く　しますよ。どうぞ　**22**　。」と　言いました。

私が、「ハンバーグを　作るので　牛の＊ひき肉を　300グラム　ください。」と　言うと、おじさんは、「さっきまで　100グラム　300円だった　**23**　、夕方だから、200円に　して　おくよ。」と　言います。安いと　思ったので、その　肉を　400グラム　買いました。

家に　帰って　母に　その　話を　すると、母は　とても　うれし　**24**　、「ありがとう。夕方に　なると、お肉や　お魚は　安く　なるのよ。また、明日　**25**　夕方に　買い物に　行ってね。」と　言いました。

＊ひき肉：とても細かく切った肉

21

1　たのんで　　2　たのませて　　3　たのまらせて　　4　たのまれて

22

1　買いますか　　2　買って　ください

3　買いましょう　　4　買いませんか

23

1　だから　　2　し　　3　けれど　　4　のに

24

1　そうに　　2　らしく　　3　くれて　　4　すぎて

25

1　は　　2　が　　3　に　　4　も

回數

1

2

3

4

5

6

もんだい4　つぎの(1)から(4)の文章を読んで、質問に答えてください。答えは、1・2・3・4から、いちばんいいものを一つえらんでください。

(1)

吉田先生の机の上に、学生が書いた手紙があります。

吉田先生

お借りしていたテキストを、お返しします。きのう、本屋さんに行ったら、ちょうど同じテキストを売っていたので買ってきました。
国の母が遊びにきて、おみやげにお菓子をたくさんくれたので、少し置いていきます。めしあがってみてください。

パク・イェジン

26　パクさんが置いていったものは何ですか。

1　借りていたテキストと本

2　きのう買ったテキストとおみやげのお菓子

3　借りていたテキストとおみやげのお菓子

4　きのう買ったお菓子と本

(2)

やまだ病院の入り口に、次の案内がはってありました。

お休みの案内

やまだ病院

◆ 8月11日（金）から16日（水）までお休みです。

◆ 急に病気になった人は、市の「*休日診療所」に行ってください。

◆ 「休日診療所」の受付時間は、10時から11時半までと、13時から21時半までです。

◆ 「休日診療所」へ行くときは、かならず電話をしてから行ってください。（電話番号 12-3456-78××）

＊休日診療所：お休みの日にみてくれる病院。

27 8月11日の午後7時ごろ、急におなかがいたくなりました。いつもは、やまだ病院に行っています。どうすればいいですか。

1 休日診療所に電話する。
2 朝になってから、やまだ病院に行く。
3 すぐに、やまだ病院に行く。
4 次の日の10時に、休日診療所へ行く。

(3)

これは、ミジンさんとサラさんに、友だちの理沙さんから届いたメールです。

たのまれていた３月３日のコンサートのチケットですが、３人分予約ができました。再来週、チケットが送られてきたら、学校でわたします。お金は、そのときでいいです。

ミジンさんは、コンサートのときにあげる花を、花屋さんにたのんでおいてね。

理沙

---

28 理沙さんは、チケットをどうしますか。

1　すぐに二人にわたして、お金をもらいます。

2　再来週二人にわたして、そのときにお金をもらいます。

3　チケットを二人に送って、お金はあとでもらいます。

4　チケットを二人にわたして、もらったお金で花を買います。

(4)

コンさんは、引っ越したいと思って、会社の近くのK駅のまわりで部屋をさがしました。しかし、はじめに見た部屋はおしいれがなく、2番目の部屋はせま過ぎ、3番目はかりるためのお金が予定より高かったので、やめました。

29 コンさんがかりるのをやめた理由ではないものはどれですか。

1 おしいれがなかったから
2 部屋がせまかったから
3 会社から遠かったから
4 予定より高かったから

もんだい５　つぎの文章を読んで、質問に答えてください。答えは、１・２・３・４から、いちばんいいものを一つえらんでください。

公園を散歩しているとき、木の下に何か茶色のものが落ちているのを見つけました。拾ってみると、それは、①小さなかばんでした。あけてみると、立派な黒い財布と白いハンカチ、それと空港で買ったらしい東京の地図が入っていました。地図には町やたてものの名前などが英語で書いてあります。私は、「このかばんを落とした人は、たぶん外国からきた旅行者だ。きっと、困っているだろう。すぐに警察にとどけよう。」と考えました。私は公園から歩いて３分ほどのところに交番があることを思い出して、交番に向かいました。

交番で、警官に「公園でこれを拾いました。」と言うと、太った警官は「中に何が入っているか、調べましょう。」と言って、かばんをあけました。

②ちょうどその時、「ワタシ、カバン、ナクシマシタ。」と言いながら、外国人の男の人が走って交番に入ってきました。

かばんは、その人のものでした。③その人は何度も私にお礼を言って、かばんを持って交番を出て行きました。

30　「私」はその日、どこで何をしていましたか。

1　会社で働いていました。
2　空港で買い物をしていました。
3　木の下で昼寝をしていました。
4　公園を散歩していました。

31　①小さなかばんに入っていたものでないのはどれですか。

1　外国の町の地図
2　黒い財布
3　東京の地図
4　白いハンカチ

32 ②ちょうどその時とありますが、どんな時ですか。

1 「私」が交番に入った時

2 外国人の男の人が交番に入ってきた時

3 警官がかばんをあけている時

4 「私」がかばんをひろった時

33 ③その人は、「私」にどういうことを言いましたか。

1 あなたのかばんではなかったのですか。

2 私のかばんだということがよくわかりましたね。

3 かばんをあけてくれて、ありがとう！

4 かばんをとどけてくれて、ありがとう！

もんだい６　つぎのページの「新宿日本語学校のクラブ活動　案内」を見て、下の質問に答えてください。答えは、１・２・３・４から、いちばんいいものを一つえらんでください。

34 カミーユさんは、ことし、新宿日本語学校に入学しました。じゅぎょうのないときに、日本の文化を勉強しようと思います。じゅぎょうは、月・火・水・金曜日の、朝９時から夕方５時までと、木曜日の午前中にあります。行くことができるのは、どのクラブですか。

1　日本料理研究会だけ
2　日本料理研究会とお花
3　日本料理研究会とお茶
4　日本舞踊研究会だけ

35 カミーユさんは、食べ物に興味があるので、日本の料理について知りたいと思っています。いつ、どこに行ってみるのがよいですか。

1　土曜の午後４時半に、調理室
2　月曜か金曜の午後４時に、和室
3　水曜か土曜の午後３時に、講堂
4　土曜の午後６時に、調理室

新宿日本語学校のクラブ活動　案内

●日本文化に興味のある方は、練習時間に、行ってみてください。

クラブ	説明	曜日・時間	場所
日本料理研究会	和食*のよさについて研究しています。毎週、先生に来ていただいて、和食の作り方を教えてもらいます。作ったあと、みんなで食べます。	土 16:30～18:00	調理室*
お茶	お茶の先生をおよびして、日本のお茶を習います。おいしいお菓子も食べられます。楽しみながら、日本の文化を学べますよ。	木 12:30～15:00	和室*
お花	いけ花*のクラブです。花をいけるだけでなく、生活の中で花を楽しめるようにしています。	月・金 16:00～17:00	和室
日本舞踊*研究会	着物をきて、おどりをおどってみませんか。先生をよんで、日本のおどりを教えてもらいます。	水・土 15:00～18:00	講堂

＊和食：日本の食べ物や料理
＊調理室：料理をする教室
＊和室：日本のたたみの部屋
＊いけ花：日本の花のかざりかた
＊日本舞踊：日本の着物を着ておどる日本のおどり

もんだい 1

もんだい１では、まず　しつもんを　聞（き）いて　ください。それから　話（はなし）を　聞（き）いて、もんだいようしの　１から４の　中（なか）から、いちばん　いい　ものを　一（ひと）つ　えらんで　ください。

れい

1　月曜日（げつようび）
2　火曜日（かようび）
3　水曜日（すいようび）
4　金曜日（きんようび）

1ばん

2ばん

1　12時(じ)

2　11時(じ)

3　10時(じ)15分(ふん)

4　10時(じ)30分(ぷん)

3ばん

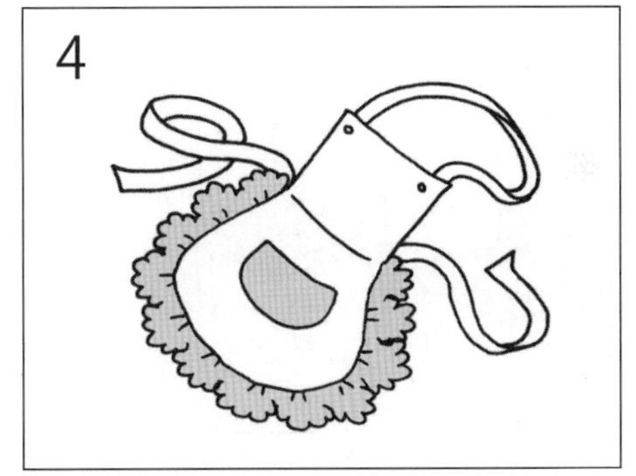

4ばん

5ばん

1

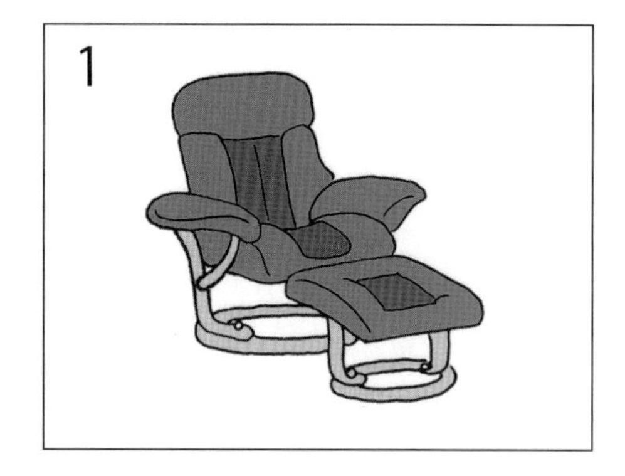

2

3

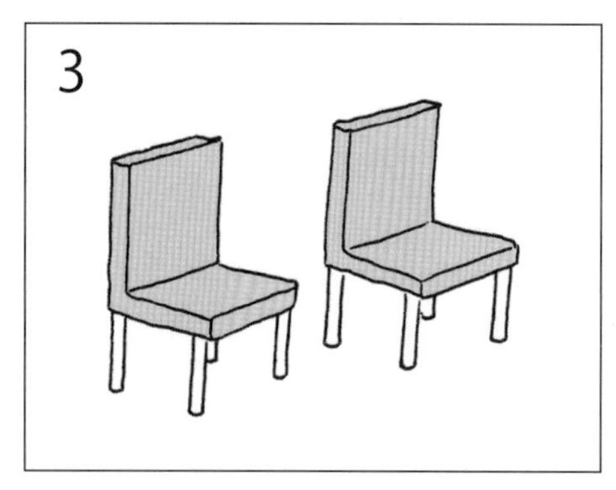

4

6ばん

1　3月29日と　30日の　2日間

2　4月12日と　13日の　2日間

3　4月19日と　20日の　2日間

4　4月18日から　20日までの　3日間

回數

1

2

3

4

5

6

7ばん

1　8人分（にんぶん）

2　12人分（にんぶん）

3　13人分（にんぶん）

4　4人分（にんぶん）

8ばん

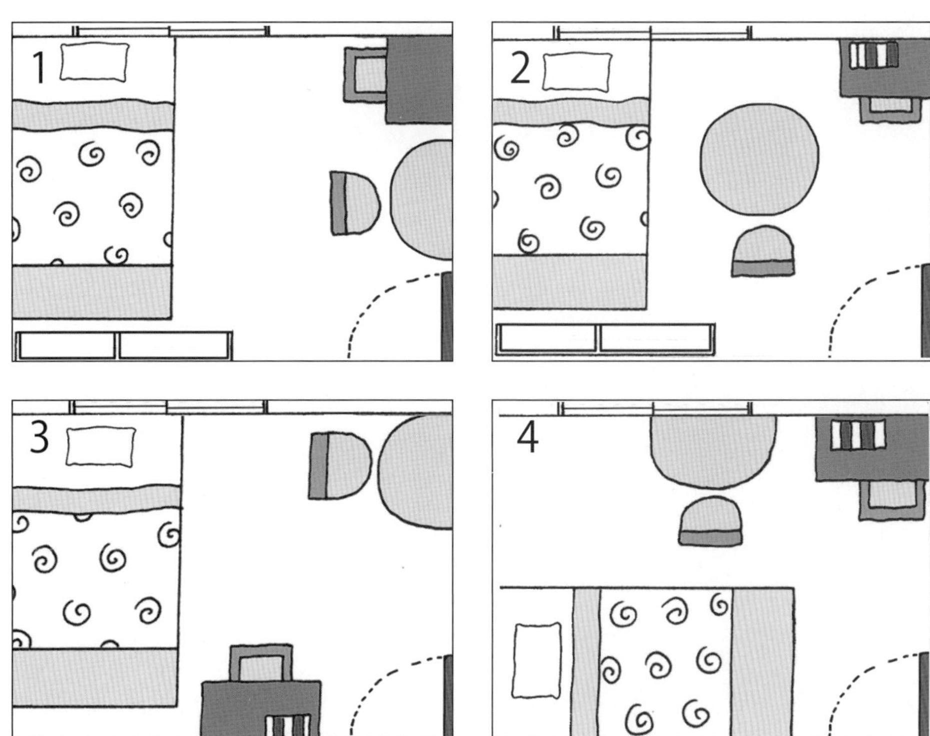

もんだい 2

もんだい２では、まず　しつもんを　聞いて　ください。そのあと、もんだいようしを　見て　ください。読む　時間が　あります。それから　話を　聞いて、もんだいようしの　１から４の　中から、いちばん　いい　ものを　一つ　えらんで　ください。

れい

1　デジカメを　持って　いないから
2　女の人の　デジカメが　気に　入って　いるから
3　自分の　カメラは　重いから
4　自分の　カメラは　こわれて　いるから

1ばん

1　黄

2　黒

3　赤

4　青

2ばん

1　母が　中学校の　先生を　して　いるから

2　先生に　なるための　大学に　行ったから

3　母に　小学校の　先生に　なるように　と　言われたから

4　子どもが　かわいいから

聴解

3ばん

1 午後(ごご)2時(じ)

2 午前(ごぜん)10時(じ)

3 午前(ごぜん)11時(じ)

4 午後(ごご)1時(じ)

4ばん

1 テーブルに 熱(あつ)い ものを のせること

2 テーブルの 上(うえ)に 乗(の)ること

3 テーブルに 鉛筆(えんぴつ)で 絵(え)を かくこと

4 テーブルに 冷(つめ)たい ものを のせること

5ばん

1　ステーキなどは　あまり　多(おお)く　食(た)べないこと

2　肉(にく)より　魚(さかな)を　多(おお)く　食(た)べること

3　お塩(しお)を　とりすぎないこと

4　あまり　かたい　ものは　食(た)べないこと

6ばん

1　お母(かあ)さん

2　おばあさん

3　自分(じぶん)

4　お父(とう)さん

7ばん

1　ご主人(しゅじん)

2　5さいの　男(おとこ)の　子(こ)

3　小学生(しょうがくせい)の　女(おんな)の　子(こ)

4　有名(ゆうめい)な　人(ひと)

もんだい３

もんだい３では、えを　見ながら　しつもんを　聞いて　ください。
➡（やじるし）の　人は　何と　言いますか。１から３の　中から、いちばん　いい　ものを　一つ　えらんで　ください。

れい

1ばん

2ばん

3ばん

4ばん

5ばん

もんだい４

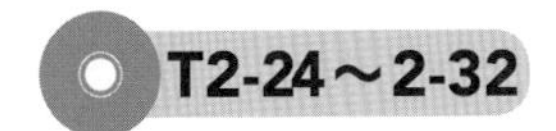

もんだい４では、えなどが　ありません。まず　ぶんを　聞(き)いて　ください。それから、そのへんじを　聞(き)いて、１から３の　中(なか)から、いちばん　いい　ものを　一(ひと)つ　えらんで　ください。

— メモ —

答對：　／34題

測驗日期：___月___日

第３回

言語知識（文字・語彙）

もんだい１　＿＿の　ことばは　ひらがなで　どう　かきますか。１・２・３・４　から　いちばん　いい　ものを　ひとつ　えらんで　ください。

（例）春に　なると　さくらが　さきます。

1　はる　　2　なつ　　3　あき　　4　ふゆ

（かいとうようし）

（例）	● ② ③ ④

1　月が　とても　きれいです。

1　はな　　2　つき　　3　ほし　　4　そら

2　わたしの　妻は　がっこうの　先生です。

1　おつと　　2　まつ　　3　おっと　　4　つま

3　会場には　バスで　行きます。

1　かいじよう　　2　かいじょお　　3　かいじょう　　4　ばしょ

4　世界には　たくさんの　国が　あります。

1　せかい　　2　せいかい　　3　ちず　　4　せえかい

5　立派な　いえが　ならんで　います。

1　りゅうは　　2　りゅうぱ　　3　りっは　　4　りっぱ

6　母の　力に　なりたいと　思います。

1　たより　　2　りき　　3　ちから　　4　たすけ

7 車に　<u>注意</u>して　あるきなさい。

1　きけん　　2　ちゅうい　　3　あんぜん　　4　ちゅうもん

8 あなたの　お母さんは　<u>若く</u>　見えます。

1　わかく　　2　こわく　　3　きびしく　　4　やさしく

9 わたしの　<u>趣味</u>は　ほしを　見る　ことです。

1　きょうみ　　2　しゅみ　　3　きようみ　　4　しゆみ

もんだい2 ＿＿の　ことばは　どう　かきますか。1・2・3・4から　いちばん　いい　ものを　ひとつ　えらんで　ください。

(例)　毎日、この　道を　とおります。

1　返ります　　2　通ります　　3　送ります　　4　運ります

(かいとうようし)　(例)　① ● ③ ④

10　この　いけは　あさいです。

1　広い　　2　低い　　3　浅い　　4　熱い

11　べんとうを　もって　山に　行きました。

1　弁通　　2　弁当　　3　便当　　4　弁当

12　がいこくの　おきゃくさまを　むかえます。

1　迎え　　2　迎え　　3　迎かえ　　4　迎かえ

13　ともだちと　あそぶ　やくそくを　しました。

1　約束　　2　約則　　3　紙束　　4　絇束

14　きょうは　あたらしい　くつを　はいて　います。

1　親しい　　2　新しい　　3　親らしい　　4　新らしい

15　きぬの　ハンカチを　買いました。

1　綿　　2　麻　　3　絹　　4　縜

もんだい3　（　　　）に　なにを　いれますか。1・2・3・4から　いちばん　いい　ものを　ひとつ　えらんで　ください。

（例）わからない　ことばは、（　　　）を　引きます。

1　ほん　　2　せんせい　　3　じしょ　　4　がっこう

（かいとうようし）

（例）	① ② ● ④

16　私の　家に　きたら　かぞくに　（　　　）します。

1　しょうかい　　2　おれい　　3　てつだい　　4　しょうたい

17　わたしは　（　　　）を　かえる　ために　かみの　毛を　切りました。

1　ことば　　2　きぶん　　3　くうき　　4　てんき

18　しあいには　まけましたが、よい　（　　　）に　なりました。

1　しゃかい　　2　けんぶつ
3　けいけん　　4　しゅうかん

19　わたしが　うそを　ついたので、父は　たいへん　（　　　）。

1　おこしました　　2　よこしました
3　さがりました　　4　おこりました

20　出かける　ときは　部屋の　かぎを　（　　　）　ください。

1　つけて　　2　かけて　　3　けして　　4　とめて

21　たんじょうびには　妹が　ぼくに　プレゼントを　（　　　）。

1　いただきます　　2　たべます　　3　もらいます　　4　くれます

22　りょうしんは　いなかに　（　　　）　います。

1　ならんで　　2　くらべて　　3　のって　　4　すんで

23 風が　つよいので、うみには　（　　　）　ください。

1　わすれないで　　2　わたらないで

3　はいらないで　　4　とおらないで

24 みせの　前には　じてんしゃを　（　　　）　ください。

1　かたづけて　　2　とめないで

3　とめて　　4　かわないで

回數

1

2

3

4

5

6

もんだい4 ＿＿の　ぶんと　だいたい　おなじ　いみの　ぶんが　あります。1・2・3・4から　いちばん　いい　ものを　ひとつ　えらんで　ください。

(例) おとうとは　先生に　ほめられました。

1　先生は　おとうとに　「よく　できたね」と　言いました。

2　先生は　おとうとに　「こまったね」と　言いました。

3　先生は　おとうとに　「気を　つけろ」と　言いました。

4　先生は　おとうとに　「もう　いいかい」と　言いました。

(かいとうようし) 

25　夕はんの　準備を　します。

1　夕はんの　世話を　します。

2　夕はんの　説明を　します。

3　夕はんの　心配を　します。

4　夕はんの　用意を　します。

26　あんぜんな　やさいだけを　売って　います。

1　めずらしい　やさいだけを　売っています。

2　ねだんの　高い　やさいだけを　売っています。

3　おいしい　やさいだけを　売っています。

4　体に　悪く　ない　やさいだけを　売っています。

27　もっと　しずかに　して　ください。

1　そんなに　しずかに　しては　いけません。

2　そんなに　うるさく　しないで　ください。

3　すこし　うるさく　して　ください。

4　もっと　おおきな　こえで　話して　ください。

28 おきゃくさまを　ネクタイうりばに　あんないしました。

1　おきゃくさまと　いっしょに　ネクタイうりばを　さがしました。

2　おきゃくさまに　ネクタイうりばを　おしえて　もらいました。

3　おきゃくさまは　ネクタイうりばには　いませんでした。

4　おきゃくさまを　ネクタイうりばに　おつれしました。

29 友だちは　わたしに　あやまりました。

1　友だちは　わたしに　「ごめんね」と　言いました。

2　友だちは　わたしに　「よろしくね」と　言いました。

3　友だちは　わたしに　「いっしょに　行こう」と　言いました。

4　友だちは　わたしに　「ありがとう」と　言いました。

もんだい５　つぎの　ことばの　つかいかたで　いちばん　いい　ものを　１・２・３・４から　ひとつ　えらんで　ください。

(例)[れい] こわい

1　へやが　くらいので、こわくて　入れません。
2　足が　こわくて　もう　走れません。
3　外は　こわくて　かぜを　ひきそうです。
4　この　パンは　こわくて　おいしいです。

(かいとうようし)

(例)	● ② ③ ④

30 きょうみ

1　わたしは　うすい　あじが　きょうみです。
2　わたしは　体が　じょうぶな　ところが　きょうみです。
3　わたしの　きょうみは　りょこうです。
4　わたしは　おんがくに　きょうみが　あります。

31 じゅうぶん

1　あと　じゅうぶんだけ　ねたいです。
2　セーター　１まいでも　じゅうぶん　あたたかいです。
3　これは　じゅうぶんだから　よく　きいて　ください。
4　あれは　日本の　じゅうぶんな　おてらです。

32 とりかえる

1　つぎの　えきで　きゅうこうに　とりかえます。
2　せんたくものを　いえの　中に　とりかえます。
3　ポケットから　ハンカチを　とりかえます。
4　かびんの　みずを　とりかえます。

33 うかがう

1 先生からの　てがみを　<u>うかがいました</u>。

2 先生に　おはなしを　<u>うかがいました</u>。

3 おきゃくさまから　おかしを　<u>うかがいました</u>。

4 わたしは　ていねいに　おれいを　<u>うかがいました</u>。

34 うちがわ

1 へやの　<u>うちがわ</u>から　かぎを　かけます。

2 本の　<u>うちがわ</u>は　とくに　おもしろいです。

3 <u>うちがわ</u>の　おおい　おはなしを　ききました。

4 かばんの　<u>うちがわ</u>を　ぜんぶ　だしました。

答對：
／35 題

言語知識（文法）・読解

回數
1
2
3
4
5
6

もんだい１　（　　）に　何を　入れますか。１・２・３・４から　いちばん　いい　ものを　一つ　えらんで　ください。

（例）わたしは　毎日　散歩　（　　）　します。

１　が　　２　を　　３　や　　４　に

（解答用紙）　（例）　①●③④

1　A「君の　お父さんの　仕事は　何　（　　）。」
B「トラックの　運転手だよ。」

１　とか　　２　にも　　３　だい　　４　から

2　（教室で）
A「田中君は　今日は　学校を　休んで　いるね。」
B「風邪を　ひいて　いる　（　　）　よ。」

１　ので　　２　とか　　３　らしい　　４　ばかり

3　電気を　つけた（　　）　寝て　しまった。

１　だけ　　２　まま　　３　まで　　４　ばかり

4　弟は　何も　（　　）　遊びに　行きました。

１　食べると　　２　食べて　　３　食べない　　４　食べずに

5　冷蔵庫に　あった　ケーキを　食べた　（　　）　由美さんです。

１　のは　　２　のを　　３　のか　　４　のに

6　先生が　（　　）　本を　読ませて　ください。

１　お書きした　　２　お書きに　しない
３　お書きに　する　　４　お書きに　なった

7 私は　李さんに　いらなく　なった　本を（　　）。

1　くれました　　2　くださいました
3　あげました　　4　いたしました

8 授業が　始まったら　席を（　　）。

1　立った　ことが　あります　　2　立ち　つづけます
3　立つ　ところです　　4　立っては　いけません

9 A「交番は　どこに　ありますか。」
B「そこの　角を　右に　曲がる（　　）、左側に　あります。」

1　と　　2　が　　3　も　　4　な

10 宿題が　終わったので、弟と　遊んで（　　）。

1　やりました　　2　くれました　　3　させました　　4　もらいなさい

11 出かけ（　　）したら　雨が　降って　きた。

1　ないと　　2　ように　　3　ようと　　4　でも

12 彼の　ことが　すきか（　　）はっきりして　ください。

1　どちらか　　2　何か　　3　どうして　　4　どうか

13 (本屋で)
客「日本の　歴史に（　　）書かれた　本は　ありますか。」
店員「それなら　こちらの　棚に　ございます。」

1　ために　　2　ついての　　3　ついて　　4　つけて

14 A「次の　交差点を　左に　曲がると　近い　かもしれません。」
B「じゃあ、左に　曲がって（　　）。」

1　しまう　　2　みよう　　3　よう　　4　おこう

15 友だちに　聞いた（　　）、誰も　彼の　ことを　知らなかった。

1　ところ　　2　なら　　3　ために　　4　から

もんだい２　＿★＿に　入る　ものは　どれですか。１・２・３・４から　いちばん　いい　ものを　一つ　えらんで　ください。

（問題例（もんだいれい））

Ａ「＿＿＿　＿＿＿　＿★＿　＿＿＿　か。」

Ｂ「はい、だいすきです。」

１　すき　　２　ケーキ　　３　は　　４　です

（答（こた）え方（かた））

１．正（ただ）しい　文（ぶん）を　作（つく）ります。

Ａ「　＿＿＿＿　＿＿＿＿　＿＿★＿＿　＿＿＿＿か。」 　　２ ケーキ　３ は　１ すき　４ です Ｂ「はい、だいすきです。」

２．＿★＿に　入（はい）る　番号（ばんごう）を　黒（くろ）く　塗（ぬ）ります。

（解答用紙（かいとうようし））

（例（れい））	● ② ③ ④

16　Ａ「この　人（ひと）が　出（で）た　＿＿＿　＿＿＿　＿★＿　＿＿＿　ありますか。

Ｂ「10年前（ねんまえ）に　一度（いちど）　見（み）ました。」

１　ことが　　２　を　　３　見（み）た　　４　えいが

17　小川（おがわ）「らいしゅうの　月曜日（げつようび）に　ひっこす　予定（よてい）です。」

竹田（たけだ）「月曜日（げつようび）は　じゅぎょうが　ないので、＿＿＿　＿＿＿　＿★＿　＿＿＿　。」

１　が　　２　てつだって　　３　わたし　　４　あげましょう

18 A「その 仕事(しごと)は いつ 終(お)わりますか。」

B「午後(ごご)6時(じ) ＿＿＿ ＿＿＿ ＿★＿ ＿＿＿ します。」

1 には　　2 ように　　3 まで　　4 終(お)わる

19 A「何(なに)を して いるのですか。」

B「今(いま)、 ＿＿＿ ＿＿＿ ＿★＿ ＿＿＿ です。」

1 ところ　　2 いる　　3 宿題(しゅくだい)を　　4 して

20 小川(おがわ)「竹田(たけだ)さん、アルバイトで ためた ＿＿＿ ＿＿＿ ＿★＿ ＿＿＿ ですか。」

竹田(たけだ)「世界中(せかいじゅう)を 旅行(りょこう)したいです。」

1 何(なに)に　　2 つもり　　3 つかう　　4 お金(かね)を

もんだい3 **21** から **25** に　何を　入れますか。文章の　意味を　考えて、1・2・3・4から　いちばん　いい　ものを　一つ　えらんで　ください。

下の　文章は　松本さんが　お正月に　留学生の　チーさんに　送った　メールです。

> チーさん、あけまして　おめでとう。
> 今年も　どうぞ　よろしく。
> 日本で　初めて　**21**　お正月ですね。どこかに　行きましたか。わたしは　家族と　いっしょに　祖母が　いる　いなかに　来て　います。
> きのうは　1年の　最後の　日 **22** ね。
> 日本では　この　日の　ことを　「大みそか」と　いって、みんな　とても　いそがしいです。午前中は、家族　みんなで　朝から　家じゅうの　そうじを　**23**　なりません。そして、午後に　なると　お正月の　食べ物を　たくさん　作ります。わたしも　毎年　妹と　いっしょに、料理を　作るのを　**24**、今年は、祖母が　作った　料理を　いただきました。
> **25**、また　学校で　会おうね。
>
> 松本

21

1　だ　　2　の　　3　に　　4　な

22

1　なのです　　2　でした　　3　らしいです　　4　です

23

1　させられて　　2　しなくても　　3　しなくては　　4　いたして

文法

24

1　てつだいますが　　2　てつだいますので

3　てつだわなくては　　4　てつだったり

25

1　それから　　2　そうして　　3　それでも　　4　それじゃ

もんだい４　つぎの (1) から (4) の文章を読んで、質問に答えてください。答えは、１・２・３・４から、いちばんいいものを一つえらんでください。

(1)

会社のさとう課長の机の上に、この手紙が置かれています。

> さとう課長
>
> Ｈ産業の大竹さんから、お電話がありました。さきに送ってもらった*請求書にまちがいがあるので、もう一度作りなおして送ってほしいとのことです。
>
> もどられたら、こちらから電話をかけてください。
>
> ワン

＊請求書：売った品物のお金を書いた紙。

26　さとう課長は、まず、どうしたらいいですか。

1　もう一度請求書を作ります。
2　大竹さんに電話します。
3　大竹さんの電話を待ちます。
4　ワンさんに電話します。

(2)

コンサート会場に、次の案内がはってありました。

コンサートをきくときのご注意

◆ 席についたら、携帯電話などはお切りください。

◆ 会場内で、次のことをしてはいけません。

・カメラ・ビデオカメラなどで会場内を写すこと。

・音楽を録音*すること。

・自分の席をはなれて歩き回ったり、椅子の上に立ったりすること。

*録音：音楽などをテープなどにとること。

27 この案内から、コンサート会場についてわかることは何ですか。

1 携帯電話は、持って入ってはいけないということ。

2 あいていれば席は自由に変わっていいということ。

3 写真をとるのは、かまわないということ。

4 ビデオカメラを使うのは、だめだということ。

(3)

ホーさんに、香川先生から次のようなメールが来ました。

ホーさん

明日の授業は、テキストの 55 ページからですが、新しく入ってきたグエンさんのテキストがまだ来ていません。

すみませんが、55 ～ 60 ページをコピーして、グエンさんにわたしておいてください。

香川

---

28 ホーさんは、どうすればいいですか。

1 55 ～ 60 ページのコピーを香川先生にとどけます。

2 55 ～ 60 ページのコピーをしてグエンさんにわたします。

3 55 ページのコピーをして、みんなにわたします。

4 新しいテキストをグエンさんにわたします。

(4)

シンさんは、J旅行会社で働いています。お客からいろいろな話を聞いて、その人に合う旅行の計画を紹介します。また、電車や飛行機、ホテルなどが空いているかを調べ、きっぷをとったり予約をしたりします。

29 シンさんの仕事ではないものはどれですか。

1 旅行にいっしょに行って案内します。

2 お客に合う旅行を紹介します。

3 飛行機の席が空いているか調べます。

4 ホテルを予約します。

もんだい５　つぎの文章を読んで、質問に答えてください。答えは、１・２・３・４から、いちばんいいものを一つえらんでください。

　わたしが家から駅に向かって歩いていると、交差点の前で困ったように立っている男の人がいました。わたしは「何かわからないことがあるのですか。」とたずねました。すると彼は「僕はこの町にはじめて来たのですが、道がわからないので、①困っていたところです。映画館はどちらにありますか。」と言いました。

　わたしは「②ここは、駅の北側ですが、③映画館は、ここと反対の南側にありますよ。」と答えました。彼は「そうですか。そこまでどれくらいかかりますか。」と聞きました。わたしが「それほど遠くはありませんよ。ここから駅までは歩いて５分くらいです。そこから映画館までは、だいたい３分くらいで着きます。映画館の近くには大きなスーパーやレストランなどもありますよ。」と言うと、彼は「ありがとう。よくわかりました。お礼に④これを差し上げます。ぼくが仕事で作ったものです。」と言って、１冊の本をかばんから出し、わたしにくれました。見ると、それは、隣の町を紹介した雑誌でした。

　わたしは「ありがとう。」と言ってそれをもらい、電車の中でその雑誌を読もうと思いながら駅に向かいました。

30　なぜ彼は①困っていたのですか。

1　映画館への道がわからなかったから
2　交差点をわたっていいかどうか、わからなかったから
3　スーパーやレストランがどこにあるか、わからなかったから
4　だれにきいても道を教えてくれなかったから

31　②ここはどこですか。

1　駅の南側で、駅まで歩いて５分のところ
2　駅の北側で、駅まで歩いて３分のところ
3　駅の北側で、駅まで歩いて５分のところ
4　駅の南側で、駅まで歩いて８分のところ

32 ③映画館は駅から歩いて何分ぐらいですか。

1 5分　　2 3分　　3 8分　　4 16分

33 ④これとは、何でしたか。

1 映画館までの地図

2 映画館の近くの地図

3 隣の町を紹介した雑誌

4 スーパーやレストランの紹介

もんだい6　つぎのページの「△△町のごみの出し方について」というお知らせを見て、下の質問に答えてください。答えは、1・2・3・4から、いちばんいいものを一つえらんでください。

34 △△町に住むダニエルさんは、日曜日に、友だちとパーティーをしました。料理で出た生ごみをなるべく早くだすには、何曜日に出せばよいですか。

1　月曜日　　2　火曜日　　3　木曜日　　4　金曜日

35 ダニエルさんは、料理で使ったラップと、古い本をすてたいと思っています。どのようにしたら、よいですか。

1　ラップは水曜日に出し、本は市に電話して取りにきてもらう。
2　ラップも本も金曜日に出す。
3　ラップは月曜日に出し、本は金曜日に出す。
4　ラップは火曜日に出し、本は金曜日に出す。

△△町のごみの出し方について

△△町のごみは、次の日に集めにきます。ごみを下の例のように分けて、それぞれ決まった時間・場所に出してください。

【集めにくる日】

曜日	ごみのしゅるい
月曜	燃えるごみ
火曜	プラスチック
水曜 （第1・第3のみ）	燃えないごみ
木曜	燃えるごみ
金曜	古紙*・古着* 第1・第3…あきびん・かん 第2・第4…　ペットボトル

○集める日の朝8時までに、出してください。

【ごみの分け方の例】
たとえば、左側の例のごみは、右側のごみの日に出します。

ごみの例	どのごみの日に出すか
料理で出た生ごみ	燃えるごみ
本・服	古紙・古着
割れたお皿やコップなど	燃えないごみ
ラップ	プラスチック

＊古紙：古い新聞紙など。
＊古着：古くなって着られなくなった服。

T3-1 ～ 3-9

もんだい 1

もんだい１では、まず　しつもんを　聞いて　ください。それから　話を　聞いて、もんだいようしの　１から４の　中から、いちばん　いい　ものを　一つ　えらんで　ください。

れい

1　月曜日
2　火曜日
3　水曜日
4　金曜日

1ばん

1

2

3
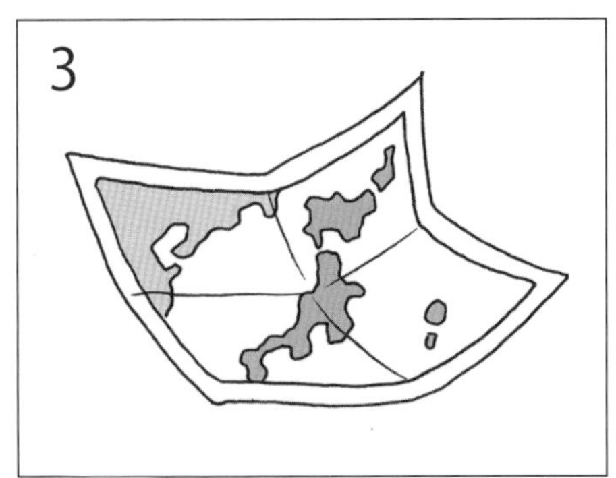

4

2ばん

1　車（くるま）の　運転（うんてん）を　する
2　後（うし）ろの　座席（ざせき）で　眠（ねむ）る
3　子（こ）どもの　世話（せわ）を　する
4　車（くるま）の　案内（あんない）を　する

3ばん

1　テレビを　見るのを　やめる

2　テレビの　音を　イヤホーンで　聞く

3　自分の　部屋の　暖房を　つける

4　自分の　部屋で　勉強する

4ばん

5ばん

1　午前　9時
2　午前　8時30分
3　午後　2時30分
4　午前　11時30分

6ばん

7ばん

1　午前中(ごぜんちゅう)、山中(やまなか)歯医者(はいしゃ)に　行(い)く

2　午後(ごご)、大月(おおつき)歯医者(はいしゃ)に　行(い)く

3　来週(らいしゅう)、大月(おおつき)歯医者(はいしゃ)に　行(い)く

4　午後(ごご)、山中(やまなか)歯医者(はいしゃ)に　行(い)く

8ばん

もんだい２

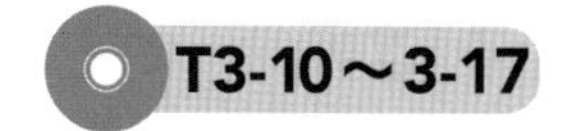

もんだい２では、まず　しつもんを　聞いて　ください。そのあと、もんだいようしを　見て　ください。読む　時間が　あります。それから　話を　聞いて、もんだいようしの　１から４の　中から、いちばん　いい　ものを　一つ　えらんで　ください。

れい

1　デジカメを　持って　いないから
2　女の人の　デジカメが　気に　入って　いるから
3　自分の　カメラは　重いから
4　自分の　カメラは　こわれて　いるから

1ばん

1　6時間(じかん)

2　5時間(じかん)

3　7時間半(じかんはん)

4　8時間(じかん)

2ばん

1　お客(きゃく)に　注意(ちゅうい)されるとき

2　お客(きゃく)に　お礼(れい)を　言(い)われるとき

3　仕事(しごと)が　早(はや)くで　きたとき

4　アルバイトの　お金(かね)を　もらうとき

3ばん

1　お医者（いしゃ）さん

2　ケーキ屋（や）さん

3　歯医者（はいしゃ）さん

4　パン屋（や）さん

4ばん

1　けいたい電話（でんわ）

2　宿題（しゅくだい）の　レポート

3　お弁当（べんとう）

4　お箸（はし）

5ばん

1　午後(ごご)　2時(じ)45分(ふん)

2　午後(ごご)　1時(じ)20分(ぷん)

3　午後(ごご)　4時(じ)50分(ぷん)

4　午後(ごご)　7時(じ)

6ばん

1　かさ

2　お弁当(べんとう)

3　飲(の)み物(もの)

4　地図(ちず)

7ばん

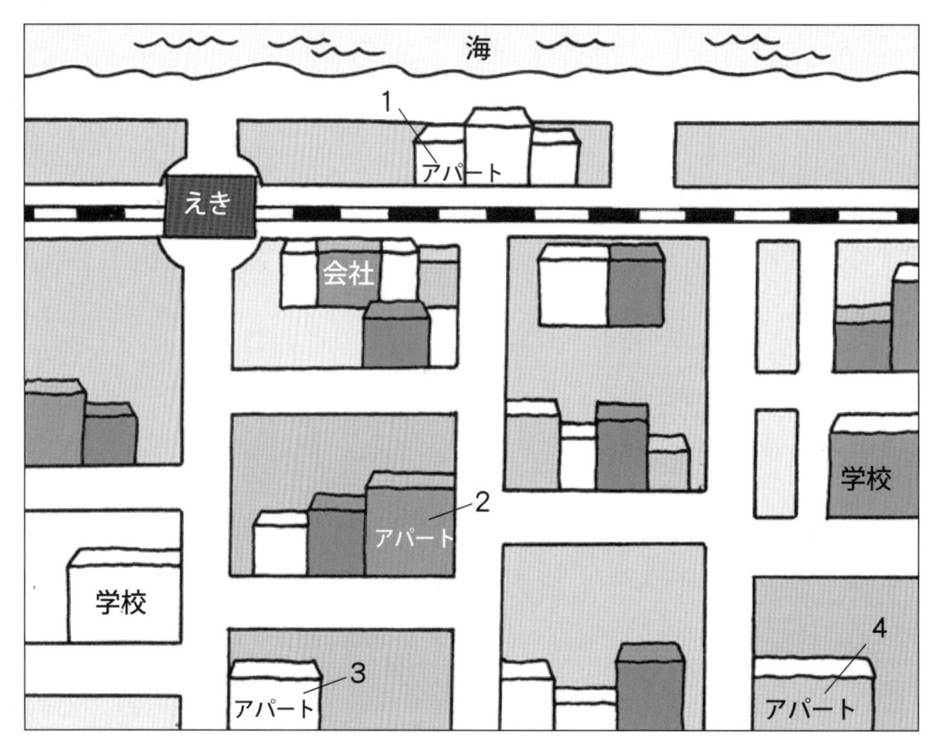

もんだい３

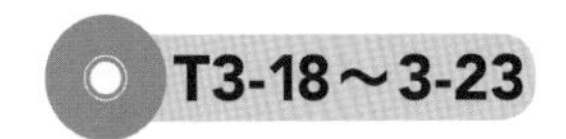

もんだい３では、えを　見ながら　しつもんを　聞いて　ください。
➡（やじるし）の　人は　何と　言いますか。１から３の　中から、いちばん　いい　ものを　一つ　えらんで　ください。

れい

1ばん

2ばん

3ばん

4ばん

5ばん

もんだい 4

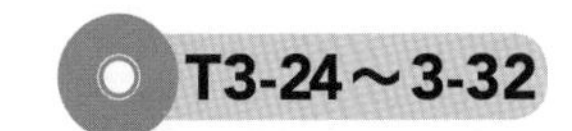

もんだい４では、えなどが　ありません。まず　ぶんを　聞いて　ください。それから、そのへんじを　聞いて、１から３の　中から、いちばん　いい　ものを　一つ　えらんで　ください。

— メモ —

答對：　／34 題

測驗日期：___月___日

第4回（だいかい）

言語知識（文字・語彙）

もんだい１　＿＿の　ことばは　ひらがなで　どう　かきますか。１・２・３・４から　いちばん　いい　ものを　ひとつ　えらんで　ください。

（例）（れい）　春に　なると　さくらが　さきます。

1　はる　　2　なつ　　3　あき　　4　ふゆ

（かいとうようし）　| （例） | ● ② ③ ④ |

1　すきな　テレビ番組が　はじまりました。

1　とうばん　　2　ばんぐみ　　3　ほうそう　　4　ばんくみ

2　ドアを　内側に　ひらいて　ください。

1　うちがわ　　2　なかがわ　　3　そとがわ　　4　そとかわ

3　あねは　とても　親切です。

1　たいせつ　　2　しんよう　　3　しんきり　　4　しんせつ

4　父は　運転が　じょうずです。

1　けいかく　　2　うんて　　3　うんてん　　4　じてん

5　その　会には　わたしも　出席します。

1　しゅっけつ　　2　しゅつとう　　3　しゅっせき　　4　しゆつせき

6　かばんには　大事な　ものが　入って　います。

1　だいち　　2　だいじ　　3　たいせつ　　4　たいじ

7 サッカーの　<u>試合</u>を　見に　いきました。

1　しあい　　2　れんしゅう　　3　しあう　　4　ばあい

8 コーヒーを　<u>一杯</u>　いかがですか。

1　いつはい　　2　いつぱい　　3　いっはい　　4　いっぱい

9 とても　<u>景色</u>が　いいですね。

1　けいき　　2　けしき　　3　けいしき　　4　けいしょく

文字・語彙

もんだい2　＿＿の　ことばは　どう　かきますか。1・2・3・4から　いちばん　いい　ものを　ひとつ　えらんで　ください。

(例)　毎日、この　道を　<u>とおります</u>。

1　返ります　　2　通ります　　3　送ります　　4　運ります

(かいとうようし)　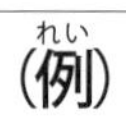

(例)	①　●　③　④

10　できるだけ　にもつを　<u>かるく</u>しましょう。

1　経く　　2　軽く　　3　輊く　　4　軨く

11　<u>しっぱい</u>を　しないように　ちゅういします。

1　矢敗　　2　矢欺　　3　失敗　　4　矢取

12　さいふを　<u>おとして</u>　しまいました。

1　洛として　　2　落として　　3　失として　　4　落として

13　ボールを　じょうずに　<u>なげます</u>。

1　捨げます　　2　投げます　　3　投げます　　4　打げます

14　こんしゅうは　はれる　日が　<u>すくない</u>でしょう。

1　小い　　2　小ない　　3　少い　　4　少ない

15　こうえんの　木の　<u>は</u>が　きいろく　なりました。

1　葉　　2　芽　　3　菜　　4　苗

もんだい3　（　　　）に　なにを　いれますか。1・2・3・4から　いちばん　いい　ものを　ひとつ　えらんで　ください。

（例（れい））わからない　ことばは、（　　　）を　引きます。

1　ほん　　2　せんせい　　3　じしょ　　4　がっこう

（かいとうようし）

（例（れい））	①②●④

16　京都では　みんなで　わたしを（　　　）して　くれました。

1　かんげい　　2　かんけい　　3　ざんねん　　4　けいかく

17　ねつが　でたので、ちかくの（　　　）に　いきました。

1　じんじゃ　　2　こうばん　　3　びょういん　　4　くうこう

18　わたしの　お父さんの（　　　）は　えいがを　見ることです。

1　かぞく　　2　じゅうしょ　　3　かいしゃ　　4　しゅみ

19　おゆを（　　　）おいしい　コーヒーを　入れました。

1　つくって　　2　わいて　　3　おとして　　4　わかして

20　おなかが（　　　）ので　バナナを　1本　食べました。

1　あいた　　2　すいた　　3　ないた　　4　すんだ

21　お金では　なく、いつも（　　　）で　はらいます。

1　ケーキ　　2　コート　　3　カード　　4　パート

22　りょうしんには　なるべく（　　　）を　かけたく　ありません。

1　しんぱい　　2　きけん　　3　けいざい　　4　そうだん

23　おきなわでは（　　　）ゆきが　ふらないそうです。

1　どうして　　2　やっと　　3　ほとんど　　4　そろそろ

24 日が（　　　）と　あたりは　まっくらに　なります。

1　のこる　　2　とまる　　3　おりる　　4　くれる

回數

1

2

3

4

5

6

もんだい4　＿＿の　ぶんと　だいたい　おなじ　いみの　ぶんが　あります。1・2・3・4から　いちばん　いい　ものを　ひとつ　えらんで　ください。

(例)　おとうとは　先生に　ほめられました。

1　先生は　おとうとに　「よく　できたね」と　言いました。

2　先生は　おとうとに　「こまったね」と　言いました。

3　先生は　おとうとに　「気を　つけろ」と　言いました。

4　先生は　おとうとに　「もう　いいかい」と　言いました。

(かいとうようし)　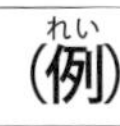 

25　海で　すいえいを　しました。

1　海で　あそびました。

2　海で　およぎました。

3　海で　さかなを　つりました。

4　海で　しゃしんを　とりました。

26　あしたの　じゅぎょうの　よしゅうを　します。

1　きょうの　しゅくだいを　します。

2　あしたの　じゅぎょうで　しつもんします。

3　あしたの　じゅぎょうの　まえに　べんきょうして　おきます。

4　きょうの　じゅぎょうを　もう　いちど　べんきょうします。

27　お父さんは　おるすですか。

1　お父さんは　いま　おでかけですか。

2　お父さんは　ようが　ありますか。

3　お父さんは　いそがしいですか。

4　お父さんは　いま　おひまですか。

28 <u>6さい　いかの　子どもは　入っては　いけません。</u>

1　6さいの　子どもは　入って　いいです。

2　6さいの　子どもだけ　入って　いいです。

3　7さいまでの　子どもは　入っては　いけません。

4　7さいいじょうの　子どもは　入って　いいです。

29 <u>わたしは　がいこくじんに　みちを　たずねられました。</u>

1　がいこくじんは　わたしに　みちを　おしえました。

2　がいこくじんは　わたしに　みちを　きかれました。

3　がいこくじんは　わたしに　みちを　ききました。

4　がいこくじんは　わたしに　みちを　あんないしました。

もんだい5　つぎの　ことばの　つかいかたで　いちばん　いい　ものを　1・2・3・4から　ひとつ　えらんで　ください。

（例）こわい

1　へやが　くらいので、こわくて　入れません。
2　足が　こわくて　もう　走れません。
3　外は　こわくて　かぜを　ひきそうです。
4　この　パンは　こわくて　おいしいです。

（かいとうようし）

（例）	● ② ③ ④

30　おわり

1　えいがを　おわりまで　見ました。
2　カレーが　おさらの　おわりに　のこって　います。
3　きょうしつの　おわりの　せきに　すわりました。
4　くつ下の　おわりに　あなが　あきました。

31　さいきん

1　えきからは　この　道が　さいきんです。
2　さいきん、めがねを　あたらしく　かいました。
3　やり方は　さいきんに　説明した　とおりです。
4　この　しごとは　さいきんまで　力いっぱい　やります。

32　きびしい

1　あさひが　目に　きびしいです。
2　ともだちと　わかれたので　きびしいです。
3　きびしい　かん字を　おぼえます。
4　父は　きびしい　人です。

33 はこぶ

1 となりの へやへ にもつを はこびました。

2 こたえを 出すのに あたまを はこびました。

3 正しく つたわるように ことばを はこびました。

4 ピアノを ひくのに ゆびを はこびました。

34 りゆう

1 これは りっぱな りゆうの ある じんじゃです。

2 わたしは この 町に りゆうが あります。

3 おくれた りゆうを おしえて ください。

4 かれの はなしは りゆうが 入りません。

答對：

／35 題

言語知識（文法）・読解

もんだい１　（　　　）に　何を　入れますか。１・２・３・４から　いちばん　いい　ものを　一つ　えらんで　ください。

(例(れい)) わたしは　毎日(まいにち)　散歩(さんぽ)　（　　　）　します。

1　が　　2　を　　3　や　　4　に

(解答用紙(かいとうようし))

(例(れい))	①　●　③　④

1　そんなに　お酒(さけ)を　（　　　）　だめだ。

1　飲(の)んでは　　2　飲(の)んしゃ　　3　飲(の)んちゃ　　4　飲(の)んじゃ

2　おすしも　食(た)べた　（　　　）、ケーキも　食(た)べた。

1　し　　2　でも　　3　も　　4　や

3　兄(あに)は　どんな　スポーツ　（　　　）　できます。

1　にも　　2　でも　　3　だけ　　4　ぐらい

4　校長先生(こうちょうせんせい)が　あいさつを　（　　　）　ので　静(しず)かに　しましょう。

1　した　　2　しよう　　3　される　　4　すれば

5　A「あなたが　帰(かえ)る　前(まえ)に、部屋(へや)の　そうじを　して（　　　）。」

B「ありがとうございます。」

1　おきます　　2　いません　　3　ほしい　　4　ください

6　わたしの　趣味(しゅみ)は　音楽(おんがく)を　聞(き)く　（　　　）　です。

1　もの　　2　とき　　3　まで　　4　こと

7　彼女(かのじょ)から　プレゼントを　（　　　）。

1　くれました　　2　くだされます　　3　やりました　　4　もらいました

8 A「疲(つか)れて　いる　（　　　）　休(やす)んだ　ほうが　いいよ。」

B「そうですね。少(すこ)し　休(やす)みます。」

1　けど　　2　なら　　3　のに　　4　まで

9 おじに　京都(きょうと)の　おみやげを　（　　　）。

1　あげさせました　　2　くださいました

3　さしあげました　　4　ございました

10 歩(ある)き（　　　）足(あし)が　痛(いた)く　なりました。

1　させて　　2　やすく　　3　出(だ)して　　4　すぎて

11 王(オウ)「太郎君(たろうくん)は　北京(ペキン)へ　行(い)った　（　　　）。」

太郎(たろう)「はい。子(こ)どもの　ときに　一度(いちど)　あります。」

1　ときですか　　2　ことが　ありますか

3　ことが　できますか　　4　ことに　しますか

12 (先生(せんせい)が　生徒(せいと)の　作文(さくぶん)を　見(み)て)

先生(せんせい)「ここの　ところが　分(わ)かり　（　　　）　から　書(か)き直(なお)しなさい。」

生徒(せいと)「はい。書(か)き直(なお)します。」

1　にくい　　2　やすい　　3　たがる　　4　わるい

13 A「どうか　ぼくに　ひとこと　（　　　）　ください。」

B「はい。どうぞ。」

1　言(い)われて　　2　言(い)わなくて　　3　言(い)わせて　　4　言(い)わさせて

14 A「山本君(やまもとくん)は　まだ　来(き)ませんね。」

B「来(く)ると　言(い)って　いたから　必(かなら)ず　来(く)る　（　　　）。」

1　ところです　　2　はずです　　3　でしょうか　　4　と　いいです

15 あの　雲(くも)を　見(み)て　ください。犬(いぬ)の　（　　　）　形(かたち)を　してますよ。

1　みたいな　　2　そうな　　3　ような　　4　はずな

もんだい2 ＿★＿に　入る　ものは　どれですか。1・2・3・4から　いちばん　いい　ものを　一つ　えらんで　ください。

(問題例(もんだいれい))

A「＿＿＿　＿＿＿　＿★＿　＿＿＿　か。」

B「はい、だいすきです。」

1　すき　　2　ケーキ　　3　は　　4　です

(答(こた)え方(かた))

1. 正(ただ)しい　文(ぶん)を　作(つく)ります。

A「＿＿＿　＿＿＿　＿★＿　＿＿＿か。」
　　2 ケーキ　3 は　1 すき　4 です

B「はい、だいすきです。」

2. ＿★＿に　入(はい)る　番号(ばんごう)を　黒(くろ)く　塗(ぬ)ります。

(解答用紙(かいとうようし))	(例(れい))	● ② ③ ④

---

16 A「この　水(みず)は　飲(の)む　ことが　できますか。」

B「さあ、飲(の)む　＿＿＿　＿＿＿　＿★＿　＿＿＿　、知(し)りません。」

1　どうか　　2　できる　　3　ことが　　4　か

17 A「体(からだ)の　ために　何(なに)か　毎日(まいにち)　やって　いますか。」

B「朝(あさ)、起(お)きたら、いつも　大学(だいがく)の　＿＿＿　＿＿＿　＿★＿　＿＿＿　います。」

1　ことに　　2　して　　3　走(はし)る　　4　まわりを

文法

18 A「お昼ごはんは　いつも　どうして　いるのですか。」
B「いつもは　近くの　店で　食べるのですが、今日は、　おべんとう
______　______　__★__　______　きました。」
1　作って　　2　家　　3　で　　4　を

19 「はい、上田です。父は　いま　るすに　して　おります。もどりましたら　こちらから　______　______　__★__　______　ます。」
1　ように　　2　つたえて　　3　おき　　4　お電話する

20 上田「あなたの　妹は　あなたに　似て　いますか。」
山川「妹は　______　______　__★__　______　ですよ。」
1　太って　　2　ほど　　3　いない　　4　わたし

もんだい３ [21] から [25] に　何を　入れますか。文章の　意味を　考えて、１・２・３・４から　いちばん　いい　ものを　一つ　えらんで　ください。

下の　文章は、ソンさんが　本田さんに　送った　お礼の　手紙です。

> 本田様
>
> [21] 暑い　日が　つづいて　いますが、その後、おかわり　ありませんか。
>
> ８月の　旅行では　たいへん [22] 、ありがとう　ございました。海で　泳いだり、船に [23] して、とても　楽しかったです。わたしの　国では、近くに　海が　なかったので、いろいろな　ことが　みんな　はじめての　経験でした。
>
> わたしの　国の　料理を　いっしょに　作って　みんなで　食べたことを、ときどき [24] います。
>
> みな様と　いっしょに　とった　写真が　できましたので、[25] 。
>
> また、いつか　お会いできる　日を　楽しみに　して　おります。
>
> ９月10日
>
> ソン・ホア

21

１　もう　　２　まだ　　３　まず　　４　もし

22

１　お世話をして　　２　お世話いたしまして
３　世話をもらい　　４　お世話になり

23

１　乗せたり　　２　乗ったり　　３　乗るだけ　　４　乗るように

24

1 思(おも)い出(だ)すなら　2 思(おも)い出(だ)したら　3 思(おも)い出(だ)して　4 思(おも)い出(だ)されて

25

1 お送(おく)りいただきます　2 お送(おく)りさせます
3 お送(おく)りします　4 お送(おく)りして　くれます

もんだい４　つぎの (1) から (4) の文章を読んで、質問に答えてください。答えは、１・２・３・４から、いちばんいいものを一つえらんでください。

(1)

研究室のカンさんのつくえの上に、次の手紙が置かれています。

> カンさん
>
> 先週、いなかに帰ったら、おみやげにりんごジャムを持っていくようにと、母に言われました。母が作ったそうです。カンさんとシュウさんにさしあげて、と言っていました。研究室のれいぞうこに入れておいたので、持って帰ってください。
>
> 高橋

26　カンさんは、どうしますか。

1　いなかで買ったおかしを持って帰ります。

2　れいぞうこのりんごジャムを、持って帰ります。

3　れいぞうこのりんごをシュウさんにわたします。

4　れいぞうこのりんごを持って帰ります。

(2)

動物園の入り口に、次の案内がはってありました。

動物園からのご案内

- ◆ 動物がおどろきますので、音や光の出るカメラで写真をとらないでください。
- ◆ 動物に食べ物をやらないでください。
- ◆ ごみは家に持って帰ってください。
- ◆ 犬やねこなどのペットを連れて、動物園の中に入ることはできません。
- ◆ ボール、野球の道具などを持って入ることはできません。

27 この案内から、動物園についてわかることは何ですか。

1 音や光が出ないカメラなら写真をとってもよい。

2 ごみは、決まったごみ箱にすてなければならない。

3 のこったおべんとうを、動物に食べさせてもよい。

4 ペットの小さい犬といっしょに入ってもよい。

(3)

これは、田中課長からチャンさんに届いたメールです。

チャンさん

S貿易の社長さんが、3日の午後1時に来られます。応接間が空いているかどうか調べて、空いていなかったら会議室を用意しておいてください。うちの会社からは、山田部長とわたしが出席することになっています。チャンさんも出席して、最近の会社の仕事について説明できるように準備しておいてください。

田中

---

28 チャンさんは、最近の会社の仕事について書いたものを用意しようと思っています。何人分、用意すればよいですか。

1 2人分
2 3人分
3 4人分
4 5人分

(4)

山田さんは大学生になったので、アルバイトを始めました。スーパーのレジの仕事です。なれないので、レジを打つのがほかの人よりおそいため、いつもお客さんにしかられます。

29 山田さんがお客さんに言われるのは、たとえばどういうことですか。

1 「なれないので、たいへんね。」

2 「いつもありがとう。」

3 「早くしてよ。おそいわよ。」

4 「まちがえないようにしなさい。」

もんだい５　つぎの文章を読んで、質問に答えてください。答えは、１・２・３・４から、いちばんいいものを一つえらんでください。

私は電車の中から窓の外の景色を見るのがとても好きです。ですから、勤めに行くときも家に帰るときも、電車ではいつも椅子に座らず、①立って景色を見ています。

すると、いろいろなものを見ることができます。学校で元気に遊んでいる子どもたちが見えます。駅の近くの八百屋で、買い物をしている女の人も見えます。晴れた日には、遠くのたてものや山も見えます。

②ある冬の日、わたしは会社の仕事で遠くに出かけました。知らない町の電車に乗って、いつものように窓から外の景色を見ていたわたしは、「あっ！」と③大きな声を出してしまいました。富士山が見えたからです。周りの人たちは、みんなわたしの声に驚いたように外を見ました。８歳ぐらいの女の子が「ああ、富士山だ。」とうれしそうに大きな声で言いました。青く晴れた空の向こうに、真っ白い富士山がはっきり見えました。とてもきれいです。

駅に近くなると、富士山は見えなくなりましたが、その日は、一日中、何かいいことがあったようなうれしい気分でした。

30　「わたし」が、電車の中で①立っているのはなぜですか。

1　人がいっぱいで椅子に座ることができないから
2　立っている方が、窓の外の景色がよく見えるから
3　座っていると、富士山が見えないから
4　若い人は、電車の中では立っているのが普通だから

31　②ある冬の日、「わたし」は何をしていましたか。

1　いつもの電車に乗り、立って外の景色を見ていました。
2　会社の用で出かけ、知らない町の電車に乗っていました。
3　会社の帰りに遠くに出かけ、電車に乗っていました。
4　いつもの電車の椅子に座って、外を見ていました。

32 「わたし」が、③大きな声を出したのはなぜですか。

1 女の子の大きな声に驚いたから
2 電車の中の人たちがみんな外を見たから
3 富士山が急に見えなくなったから
4 窓から富士山が見えたから

33 富士山を見た日、「わたし」はどのような気分で過ごしましたか。

1 いいことがあったような気分で過ごしました。
2 とても残念な気分で過ごしました。
3 少しさびしい気分で過ごしました。
4 これからもがんばろうという気分で過ごしました。

もんだい６　つぎのページの「東京ランド　料金表」という案内を見て、下の質問に答えてください。答えは、１・２・３・４から、いちばんいいものを一つえらんでください。

34　中村さんは、日曜日の午後から、むすこで小学３年生（8歳）のあきらくんを、「東京ランド」へつれていくことになりました。中に入るときに、お金は二人でいくらかかりますか。

1　500円
2　700円
3　1000円
4　2200円

35　あきらくんは、「子ども特急」と「子どもジェットコースター」に乗りたいと言っています。かかるお金を一番安くしたいとき、どのようにけんを買うのがよいですか。（乗り物には、あきらくんだけで乗ります。）

1　大人と子どもの「フリーパスけん」を、１まいずつ買う。
2　子どもの「フリーパスけん」を、１まいだけ買う。
3　回数けんを、１つ買う。
4　普通けんを、６まい買う。

東京ランド　料金表

〔入園料〕…中に入るときに必要なお金です。

入園料	
大人（中学生以上）	500円
子ども（5さい以上、小学6年生以下）・65さい以上の人	200円
（4さい以下のお子さまは、お金はいりません。）	

〔乗り物けん*〕…乗り物に乗るときに必要なお金です。

◆　フリーパスけん（一日中、どの乗り物にも何回でも乗れます。）		
大人（中学生以上）	1200円	
子ども（5さい以上、小学6年生以下）	1000円	
（4さい以下のお子さまは、お金はいりません。）		
◆　普通けん　（乗り物に乗るときに必要な数だけ出してください。）		
普通けん	1まい	50円
回数けん（普通けん11まいのセット）	11まい	500円

・乗り物に乗るときに必要な普通けんの数

乗り物	必要な乗り物けんの数
メリーゴーランド	2まい
子ども特急	2まい
人形の船	2まい
コーヒーカップ	1まい
子どもジェットコースター	4まい

○　たくさんの乗り物を楽しみたい人は、「フリーパスけん」がべんりです。

○　少しだけ乗り物に乗りたい人は、「普通けん」を、必要な数だけお買いください。

＊けん：きっぷのようなもの。

T4-1 ～ 4-9

もんだい１

もんだい１では、まず　しつもんを　聞いて　ください。それから　話を　聞いて、もんだいようしの　１から４の　中から、いちばん　いい　ものを　一つ　えらんで　ください。

れい

1　月曜日
2　火曜日
3　水曜日
4　金曜日

1ばん

2ばん

1　4175

2　4715

3　4517

4　4571

3ばん

1　冷(つめ)たい　こうちゃ

2　熱(あつ)い　こうちゃ

3　冷(つめ)たい　こうちゃと　ケーキ

4　ケーキ

4ばん

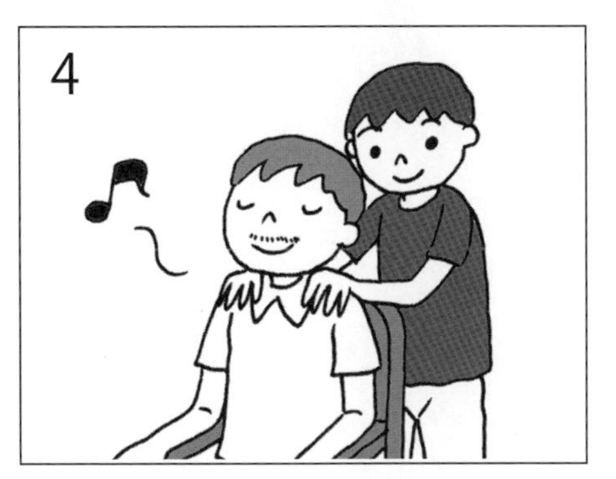

5ばん

1　南大山(みなみおおやま)アパート

2　南大川(みなみおおかわ)アパート

3　北大山(きたおおやま)アパート

4　東大山(ひがしおおやま)アパート

6ばん

1　21日(にち)から　23日(にち)まで

2　21日(にち)から　25日(にち)まで

3　22日(にち)から　24日(か)まで

4　23日(にち)から　25日(にち)まで

7ばん

1　あおの　かみと　しろの　かみ

2　きいろの　かみと　あかの　かみ

3　あかの　かみと　しろの　かみ

4　きいろの　かみと　あおの　かみ

8ばん

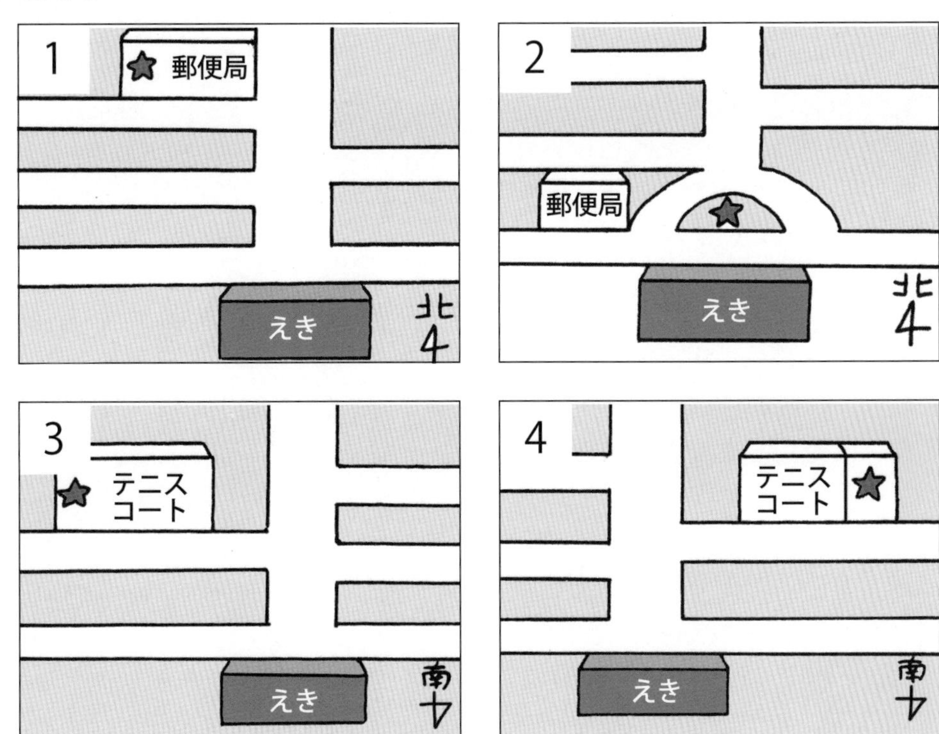

もんだい２

もんだい２では、まず　しつもんを　聞いて　ください。そのあと、もんだいようしを　見て　ください。読む　時間が　あります。それから　話を　聞いて、もんだいようしの　１から４の　中から、いちばん　いい　ものを　一つ　えらんで　ください。

れい

1　デジカメを　持って　いないから
2　女の人の　デジカメが　気に　入って　いるから
3　自分の　カメラは　重いから
4　自分の　カメラは　こわれて　いるから

1ばん

1　40 まい

2　50 まい

3　90 まい

4　100 まい

2ばん

1　30 分(ぶん)

2　2 時間(じかん)

3　1 時間(じかん)

4　3 時間(じかん) 30 分(ぶん)

3ばん

1　字が　汚いから

2　消しゴムで　きれいに　消して　いないから

3　ボールペンで　なく、鉛筆で　書いたから

4　字が　まちがって　いるから

4ばん

1　12時18分

2　12時15分

3　12時30分

4　12時45分

5ばん

1　午後8時

2　午後4時

3　午前11時

4　午後2時

6ばん

1　6時から　9時はんまで　ホテルの　へやで

2　6時から　8時はんまで　ホテルの　へやで

3　6時から　8時はんまで　しょくどうで

4　6時から　9時まで　しょくどうで

7ばん

1　ちゅうごくの　かんじの　はなし

2　かたかなの　はなし

3　にほんと　ちゅうごくの　字の　ちがい

4　ひらがなの　はなし

もんだい３

もんだい３では、えを　見ながら　しつもんを　聞いて　ください。

➡（やじるし）の　人は　何と　言いますか。１から３の　中から、いちばん　いい　ものを　一つ　えらんで　ください。

れい

1ばん

2ばん

回數

1

2

3

4

5

6

3ばん

4ばん

5ばん

もんだい４

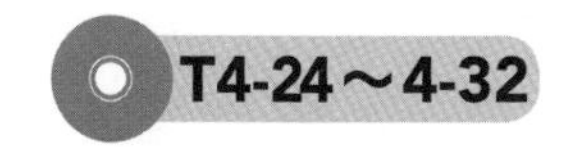

もんだい４では、えなどが　ありません。まず　ぶんを　聞（き）いて　ください。それから、そのへんじを　聞（き）いて、１から３の　中（なか）から、いちばん　いい　ものを　一（ひと）つ　えらんで　ください。

— メモ —

答對：

／34 題

測驗日期：___月___日

第5回

言語知識（文字・語彙）

もんだい1 ＿＿の　ことばは　ひらがなで　どう　かきますか。1・2・3・4　から　いちばん　いい　ものを　ひとつ　えらんで　ください。

（例）春に　なると　さくらが　さきます。

1　はる　　2　なつ　　3　あき　　4　ふゆ

（かいとうようし）

（例）	● ② ③ ④

1　特に　ようは　ありません。

1　こと　　2　きゅう　　3　とく　　4　べつ

2　出発が　おくれて　います。

1　しゅっせき　　2　しゅっぱつ　　3　しゅぱつ　　4　しゆぱつ

3　まいにち　いえで　じゅぎょうの　復習を　します。

1　れんしゅう　　2　ふくしう　　3　よしゅう　　4　ふくしゅう

4　寝て　いる　場合では　ありません。

1　ばあい　　2　ばわい　　3　ばしょ　　4　ばうわい

5　熱心に　本を　よんで　います。

1　ねんしん　　2　ねっしん　　3　ねつしん　　4　ねつし

6　昨日は　終電で　かえりました。

1　しゅうてん　　2　しゅうでん　　3　でんしゃ　　4　でんしや

7 けがが　なおって　退院しました。

1　たんいん　　2　びょういん　　3　にゅういん　　4　たいいん

8 笑った　かおが　かわいいです。

1　わらった　　2　とおった　　3　まいった　　4　こまった

9 この　おもちゃを　自由に　つかって　あそんで　いいですよ。

1　じゅう　　2　じいゆう　　3　じゆう　　4　じゅゆう

もんだい2 ＿＿の　ことばは　どう　かきますか。1・2・3・4から　いちばん　いい　ものを　ひとつ　えらんで　ください。

(例)　毎日、この　道を　とおります。

1　返ります　　2　通ります　　3　送ります　　4　運ります

(かいとうようし)

(例)	① ● ③ ④

10　本だなの　たかさは　1メートルです。

1　長さ　　2　咼さ　　3　強さ　　4　高さ

11　風が　つめたい　きせつに　なりました。

1　季答　　2　季節　　3　李節　　4　李筋

12　おもい　にもつを　もって　あるきました。

1　思い　　2　軽い　　3　重い　　4　里い

13　はいざらは　へやの　そとに　あります。

1　炭皿　　2　灰皿　　3　炭血　　4　灰血

14　こまかい　ことは　あとで　せつ明します。

1　細い　　2　細かい　　3　畭い　　4　畭かい

15　つぎは　くびを　まわす　うんどうです。

1　首　　2　百　　3　頭　　4　貟

もんだい３　（　　　）に　なにを　いれますか。１・２・３・４から　いちばん　いい　ものを　ひとつ　えらんで　ください。

（例）　わからない　ことばは、（　　　）を　引きます。

1　ほん　　2　せんせい　　3　じしょ　　4　がっこう

（かいとうようし）

（例）	①②●④

16　さくや　おそくまで　テレビを　見たので　（　　　）です。

1　かわいい　　2　ねむい　　3　さびしい　　4　つまらない

17　きょねんより　おそく　さくらの　花が　（　　　）　ひらきました。

1　やっと　　2　ずっと　　3　けっして　　4　もう

18　きのうは　おうかがい　できずに　たいへん　（　　　）しました。

1　おれい　　2　しつれい　　3　おかげ　　4　しっぱい

19　弟は　ひろった　子いぬを　だいじに　（　　　）います。

1　ならべて　　2　とどけて　　3　かわって　　4　そだてて

20　まどを　（　　　）と　とおくに　きれいな　山が　見えます。

1　しめる　　2　ひく　　3　かける　　4　あける

21　兄は　まいあさ　だいがくに　（　　　）　います。

1　かよって　　2　おこして　　3　とまって　　4　とおって

22　そふは　くすりを　のんで　よく　（　　　）います。

1　こまって　　2　ねむって　　3　つかって　　4　しかって

文字・語彙

23 はがきの（　　　）には　じゅうしょと　なまえを　かきます。

1　うちがわ　　2　おもて　　3　あいだ　　4　さき

24 おじの　かぞくは　東京の（　　　）に　すんで　います。

1　こくない　　2　ばしょ　　3　こうがい　　4　こうつう

もんだい4　＿＿の　ぶんと　だいたい　おなじ　いみの　ぶんが　あります。1・2・3・4から　いちばん　いい　ものを　ひとつ　えらんで　ください。

(例)　<u>おとうとは　先生に　ほめられました。</u>

1　先生は　おとうとに　「よく　できたね」と　言いました。

2　先生は　おとうとに　「こまったね」と　言いました。

3　先生は　おとうとに　「気を　つけろ」と　言いました。

4　先生は　おとうとに　「もう　いいかい」と　言いました。

(かいとうようし)　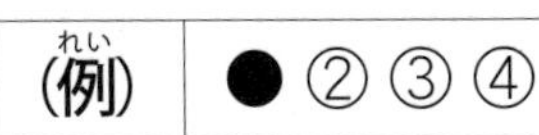

(例)	● ② ③ ④

25　<u>わたしは　しんぶんを　見て　おどろきました。</u>

1　わたしは　しんぶんを　見て　かんがえました。

2　わたしは　しんぶんを　見て　たおれました。

3　わたしは　しんぶんを　見て　びっくりしました。

4　わたしは　しんぶんを　見て　わらいました。

26　<u>用が　すんだら　なるべく　早く　帰ります。</u>

1　用が　すんだら　かならず　早く　帰ります。

2　用が　すんだら　できるだけ　早く　帰ります。

3　用が　すんだら　たぶん　早く　帰るでしょう。

4　用が　すんだら　早く　帰るはずです。

27　<u>今日は　ケーキを　食べすぎました。</u>

1　ケーキを　もう　すこし　食べたかったです。

2　ケーキを　ゆっくり　食べました。

3　ケーキを　いつもより　たくさん　食べました。

4　ケーキを　もう　いちど　食べたいです。

28 きょうは　かさを　わすれて　出かけました。

1　きょうは　かさを　もたずに　出かけて　しまいました。

2　きょうは　かさを　どこかに　おいて　きました。

3　きょうは　かさを　どこかで　なくしました。

4　きょうは　かさを　もったまま　出かけました。

29 明日　ヤンさんに　あやまります。

1　明日　ヤンさんに　「注意してね」と　言います。

2　明日　ヤンさんに　「いっしょに　行こうよ」と　言います。

3　明日　ヤンさんに　「ごめんなさい」と　言います。

4　明日　ヤンさんに　「おもしろかった」と　言います。

もんだい５ つぎの ことばの つかいかたで いちばん いい ものを １・２・３・４から ひとつ えらんで ください。

（例（れい））こわい

1 へやが くらいので、こわくて 入れません。
2 足が こわくて もう 走れません。
3 外は こわくて かぜを ひきそうです。
4 この パンは こわくて おいしいです。

（かいとうようし） 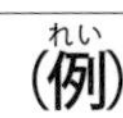 

30 きまる

1 おかしは、はこに ぴったり きまりました。
2 くにの 母から でんわが きまりました。
3 毎日 べんきょうを きまりました。
4 パーティーは 午後 6時からに きまりました。

31 あんしん

1 じどうしゃは あんしんに うんてんしましょう。
2 けがを したら あんしんに しましょう。
3 かれが 近くに いれば あんしんです。
4 あの 人は あんしんな あいさつを します。

32 やさしい

1 わたしは やさしくて よく かぜを ひきます。
2 この にくは やさしくて きりやすいです。
3 てんきが やさしくて いい きもちです。
4 かのじょは やさしくて しんせつです。

33 とめる

1　りょこうを　とめる　ことに　しました。

2　本は　たなの　中に　とめて　ください。

3　れいぞうこに　お母さんの　メモが　とめて　ありました。

4　としょかんでは　こえを　とめるように　して　ください。

34 かいわ

1　2時から　おきゃくさまとの　かいわが　あります。

2　にほんごで　かいわを　するのは　むずかしいです。

3　なつやすみの　かいわで　やる　ことを　つたえます。

4　しゃちょうが　かいわを　ひらいて　せつめいします。

答對：
／35 題

言語知識（文法）・読解

もんだい１　（　　）に　何を　入れますか。１・２・３・４から　いちばん　いい　ものを　一つ　えらんで　ください。

（例）わたしは　毎日　散歩（　　）します。

１　が　　２　を　　３　や　　４　に

（解答用紙）

（例）	①　●　③　④

1　赤とか　青（　　）、いろいろな　色の　服が　あります。

１　とか　　２　でも　　３　から　　４　にも

2　昨日は　今年一番の　寒（　　）だった　そうです。

１　い　　２　が　　３　く　　４　さ

3　A「パーティーは　楽しかった（　　）？」
B「はい。とても　楽しかったです。」

１　かい　　２　とか　　３　でも　　４　から

4　どうぞ　こちらに　お座り（　　）。

１　に　なる　　２　いたす　　３　します　　４　ください

5　遠くから　電車の　音が　聞こえ（　　）。

１　て　みる　　２　て　いく　　３　て　くる　　４　て　もらう

6　宿題を　忘れて、ろうかに（　　）。

１　立たせた　　２　立たされた　　３　立たれた　　４　立てた

7　もし　晴れて（　　）、ここから　富士山が　見えます。

１　ばかり　　２　ように　　３　いたら　　４　なくて

8 勉強(べんきょう)を　した（　　　）、試験(しけん)で　いい　点(てん)が　取(と)れなかった。

1　けれど　　2　から　　3　ので　　4　だけ

9 「勉強(べんきょう)も　終(お)わったし、テレビ（　　　）見(み)ようか。」

「そうだね。そうしよう。」

1　も　　2　でも　　3　ても　　4　まで

10 A「ここで　たばこを　吸(す)っても（　　　）。」

B「すみません。ここは　禁煙席(きんえんせき)です。」

1　くれますか　　2　はずですか　　3　いいですか　　4　ようですか

11 夜(よる)に　なる（　　　）星(ほし)が　たくさん　見(み)えます。

1　も　　2　と　　3　が　　4　のに

12 コーヒーと　紅茶(こうちゃ)と、（　　　）好(す)きですか。

1　とても　　2　ぜんぶ　　3　かならず　　4　どちらが

13 A「ずいぶん　ピアノが　上手(じょうず)ですね。」

B「毎日(まいにち)　練習(れんしゅう)したから　上手(じょうず)に（　　　）んです。」

1　弾(ひ)けるように　なった　　2　弾(ひ)けるように　した

3　弾(ひ)ける　かもしれない　　4　弾(ひ)いて　もらう

14 先生(せんせい)の　話(はなし)に　よると、高木君(たかぎくん)の　お母(かあ)さんは　看護師(かんごし)（　　　）。

1　に　なる　　2　だそうだ　　3　ばかりだ　　4　そうだ

15 A「展覧会(てんらんかい)に　きみの　絵(え)が　出(で)ているそうだね。」

B「ええ、（　　　）見(み)に　きて　くださいね。」

1　たぶん　　2　きっと　　3　だいたい　　4　でも

もんだい２　__★__に　入る　ものは　どれですか。１・２・３・４から　いちばん　いい　ものを　一つ　えらんで　ください。

（問題例）

A「_____　_____　__★__　_____　か。」

B「はい、だいすきです。」

１　すき　　２　ケーキ　　３　は　　４　です

（答え方）

1.　正しい　文を　作ります。

> A「________　________　___★___　________か。」
> 　　２ ケーキ　３ は　　１ すき　　４ です
> B「はい、だいすきです。」

2.　__★__に　入る　番号を　黒く　塗ります。

（解答用紙）

（例）	● ② ③ ④

16　A「田中さんは　いらっしゃいますか。」

B「はい。　_____　_____　__★__　_____　ください。」

１　に　　２　なって　　３　少し　　４　お待ち

17　（デパートで）

「お客さま、この　シャツは　少し　小さいようですので、もう少し　_____　_____　__★__　_____　か。」

１　しましょう　　２　お持ち　　３　大きい　　４　ものを

18 A「どの　人が　あなたの　お姉さんですか。」

B「一番　右に　＿＿＿　＿＿＿　＿★＿　＿＿＿　わたしの　姉です。」

1　が　　2　いる　　3　の　　4　立って

19 A「春休みには　帰国する　そうですね。」

B「はい。けれども　4月10日までには　日本に　＿＿＿　＿＿＿　＿★＿　＿＿＿　。」

1　なりません　　2　ては　　3　帰って　　4　こなく

20 町田「石川さん。音楽会には　いつ　行くのですか。」

石川「来週の　日曜日に　＿＿＿　＿＿＿　＿★＿　＿＿＿　ます。」

1　思って　　2　と　　3　行こう　　4　い

もんだい3 [21] から [25] に　何を　入れますか。文章の　意味を　考えて、1・2・3・4から　いちばん　いい　ものを　一つ　えらんで　ください。

下の　文章は　「私の　家」に　ついての　作文です。

「ひっこし」

イワン・スミルノフ

先月　ぼくは　ひっこしました。それまでの　下宿は、学校まで　1時間半　[21]　かかったし、近くに　店も　なくて　[22]　からです。それで、学校の　近くに　部屋を　借りようと　[23]　。

新しい　ぼくの　部屋は、学校の　前の　横断歩道を　わたって、すぐの　ところに　あります。これまでは　学校に　行くのに　とても　早く　起きなければ　なりませんでしたが、これからは　少し　[24]　なりました。

ひっこす　日の　朝、友だちが　手伝いに　きて、ぼくの　荷物を　全部　部屋に　運んで　くれました。お昼ごろ、きれいに　なった　部屋で、友だち　[25]　持って　きて　くれた　お弁当を　食べました。

21

1　だけ　　2　まで　　3　も　　4　さえ

22

1　便利だった　　2　静かだった　　3　不便だった　　4　うれしかった

23

1　思いました　　2　思うでしょう

3　思います　　4　思うかもしれません

24

1 朝(あさ)ねぼうしたがる　ように　　2 朝(あさ)ねぼうしても　よく
3 朝(あさ)ねぼうさせる　ことに　　4 朝(あさ)ねぼうさせられる　ように

25

1 は　　2 に　　3 を　　4 が

もんだい４　つぎの (1) から (4) の文章を読んで、質問に答えてください。答えは、１・２・３・４から、いちばんいいものを一つえらんでください。

(1)

これは、大西さんからパトリックさんに届いたメールです。

パトリックさん

大西です。いい季節ですね。
わたしの携帯電話のメールアドレスが、今日の夕方から変わります。すみませんが、わたしのアドレスを新しいのに直しておいてくださいませんか。
携帯電話の電話番号やパソコンのメールアドレスは変わりません。よろしくお願いします。

26　パトリックさんは、何をしたらよいですか。

1　大西さんの携帯電話のメールアドレスを新しいのに変えます。
2　大西さんの携帯電話の電話番号を新しいのに変えます。
3　大西さんのパソコンのメールアドレスを新しいのに変えます。
4　大西さんのメールアドレスを消してしまいます。

(2)

カンさんが住んでいる東町のごみ置き場に、次のような連絡がはってあります。

ごみ集めについて

○ 12月31日（火）から1月3日（金）までは、ごみは集めにきませんので、出さないでください。

○ 上の日以外は、決められた曜日に集めにきます。

◆ 東町のごみ集めは、次の曜日に決められています。
燃えるごみ（生ごみ・台所のごみや紙くずなど）……火・土
プラスチック（プラスチックマークがついているもの）…水
びん・かん……月

27 カンさんは、正月の間に出た生ごみと飲み物のびんを、なるべく早く出したいと思っています。いつ出せばよいですか。

1 生ごみ・びんの両方とも、12月30日に出します。
2 生ごみ・びんの両方とも、1月4日に出します。
3 生ごみは1月4日に、びんは1月6日に出します。
4 生ごみは1月11日に、びんは1月6日に出します。

(3)

テーブルの上に、母からのメモと紙に包んだ荷物が置いてあります。

> ゆいちゃんへ
>
> お母さんは仕事があるので、これから大学に行きます。
> すみませんが、この荷物を湯川さんにおとどけしてください。
> 湯川さんは高田馬場の駅前に３時にとりにきてくれます。
> 赤い服を着ているそうです。湯川さんの携帯番号は、123-4567-89 ××です。
>
> 母より

28 ゆいさんは、何をしますか。

1　３時に、赤い服を着て大学に仕事をしにいきます。
2　３時に、赤い服を着て大学に荷物をとりにいきます。
3　３時に、高田馬場の駅前に荷物を持っていきます。
4　３時に、高田馬場の駅前に荷物をとりにいきます。

(4)

日本には、お正月に＊年賀状を出すという習慣がありますが、最近、年賀状のかわりにパソコンでメールを送るという人が増えているそうです。メールなら一度に何人もの人に同じ文で送ることができるので簡単だからということです。

しかし、お正月にたくさんの人からいろいろな年賀状をいただくのは、とてもうれしいことなので、年賀状の習慣がなくなるのは残念です。

＊年賀状：お正月のあいさつを書いたはがき

29 年賀状のかわりにメールを送るようになったのは、なぜだと言っていますか。

1　メールは年賀はがきより安いから。

2　年賀状をもらってもうれしくないから。

3　一度に大勢の人に送ることができて簡単だから。

4　パソコンを使う人がふえたから。

もんだい5　つぎの文章を読んで、質問に答えてください。答えは、1・2・3・4から、いちばんいいものを一つえらんでください。

その日は、10時30分から会議の予定がありましたので、わたしはいつもより早く家を出て駅に向かいました。

もうすぐ駅に着くというときに、歩道に①時計が落ちているのを見つけました。とても高そうな立派な時計です。人に踏まれそうになっていたので、ひろって駅前の交番に届けにいきました。おまわりさんに、時計が落ちていた場所を聞かれたり、わたしの住所や名前を紙に書かされたりしました。

②遅くなったので、会社の近くの駅から会社まで走っていきましたが、③会社に着いた時には、会議が始まる時間を10分も過ぎていました。急いで部長の部屋に行き、遅れた理由を言ってあやまりました。部長は「そんな場合は、遅れることをまず、会社に連絡しろと言っただろう。なぜそうしなかったのだ。」と怒りました。わたしが「すみません。急いでいたので、連絡するのを忘れてしまいました。これから気をつけます。」と言うと、部長は「よし、わかった。今後気をつけなさい。」とおっしゃって、温かいコーヒーをわたしてくださいました。そして、「会議は11時から始めるから、それまで、少し休みなさい。」とおっしゃったので、自分の席で温かいコーヒーを飲みました。

30　①時計について、正しくないものはどれですか。

1　ねだんが高そうな立派な時計だった。
2　人に踏まれそうになっていた。
3　歩道に落ちていた。
4　会社の近くの駅のそばに落ちていた。

31　②遅くなったのは、なぜですか。

1　交番でいろいろ聞かれたり書かされたりしたから
2　時計をひろって、遠くの交番に届けに行ったから
3　会社の近くの駅から会社までゆっくり歩き過ぎたから
4　いつもより家を出るのがおそかったから

32 ③会社に着いた時は何時でしたか。

1　10時半

2　10時40分

3　10時10分

4　11時

33 部長は、どんなことを怒ったのですか。

1　会議の時間に10分も遅れたこと

2　つまらない理由で遅れたこと

3　遅れることを連絡しなかったこと

4　うそをついたこと

もんだい６ つぎのページの、「地震のときのための注意」という、△△市が出している案内を見て、下の質問に答えてください。答えは、１・２・３・４から、いちばんいいものを一つえらんでください。

34 松田さんは、地震が起きる前に準備しておこうと考えて、「地震のときに持って出る荷物」をつくることにしました。荷物の中に、何を入れたらよいですか。

1 ３日分の食べ物と消火器
2 スリッパと靴
3 ３日分の食べ物と服、かい中でんとう、薬
4 ラジオとテレビ

35 地震で揺れ始めたとき、松田さんは、まず、どうするといいですか。

1 つくえなどの下で、揺れるのが終わるのをまつ。
2 つけている火をけして、外ににげる。
3 たおれそうな棚を手でおさえる。
4 ラジオで地震についてのニュースを聞く。

地震のときのための注意

△△市ぼうさい課*

○　地震が起きる前に、いつも考えておくことは？

	5つの注意	やること
1	テレビやパソコンなどがおちてこないように、おく場所を考えよう。	・本棚などは、たおれないように、道具でとめる。
2	われたガラスなどで、けがをしないようにしよう。	・スリッパや靴を部屋においておく。
3	火が出たときのための、準備をしておこう。	・消火器*のある場所を覚えておく。
4	地震のときに持って出る荷物をつくり、おく場所を決めておこう。	・3日分の食べ物、服、かい中でんとう*、薬などを用意する。
5	家族や友だちとれんらくする方法を決めておこう。	・市や町で決められている場所を知っておく。

○地震が起きたときは、どうするか？

1	まず、自分の体の安全を考える！
	・つくえなどの下に入って、揺れるのが終わるのをまつ。
2	地震の起きたときに、すること
	①　火を使っているときは、火をけす。
	②　たおれた棚やわれたガラスに注意する。
	③　まどや戸をあけて、にげるための道をつくる。
	④　家の外に出たら、上から落ちてくるものに注意する。
	⑤　ラジオやテレビなどで、ニュースを聞く。

＊ぼうさい課：地震などが起きたときの世話をする人たち。
消火器：火を消すための道具。
かい中でんとう：持って歩ける小さな電気。電池でつく。

T5-1 ～ 5-9

もんだい 1

もんだい１では、まず　しつもんを　聞（き）いて　ください。それから　話（はなし）を　聞（き）いて、もんだいようしの　１から４の　中（なか）から、いちばん　いい　ものを　一（ひと）つ　えらんで　ください。

れい

1　月曜日（げつようび）
2　火曜日（かようび）
3　水曜日（すいようび）
4　金曜日（きんようび）

1ばん

1　つぎの　えきまで　でんしゃに　のり、つぎに　バスに　のる

2　タクシーに　のる

3　しんごうまで　あるいてから　バスに　のる

4　ちずを　みながら　あるいて　いく

2ばん

3ばん

1
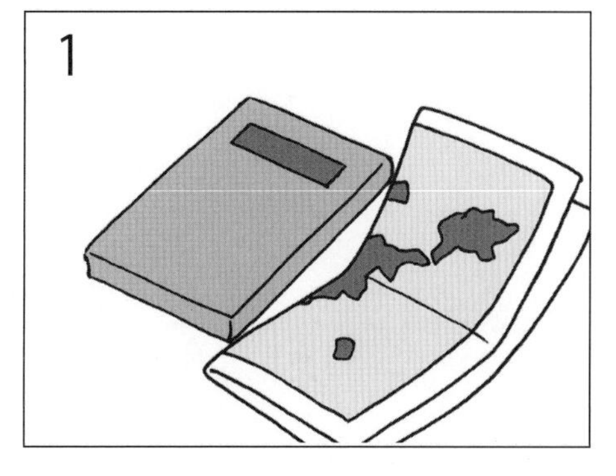

2

3

4
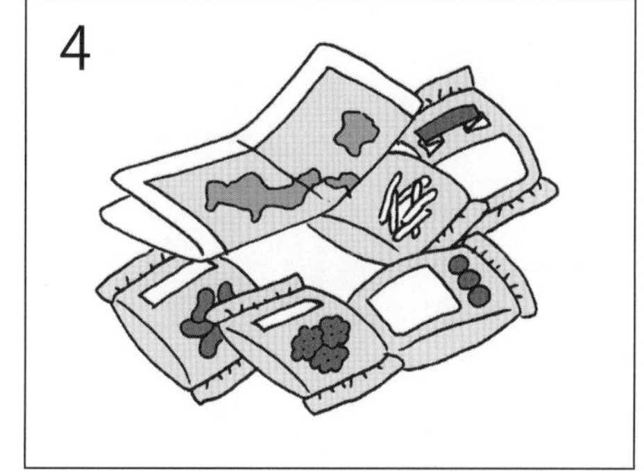

4ばん

1
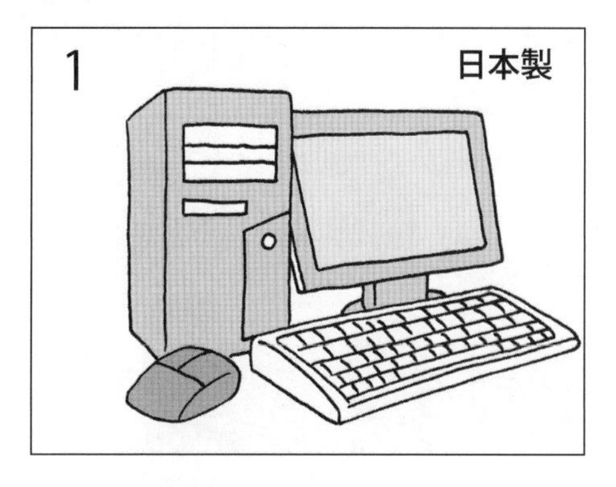

2

3
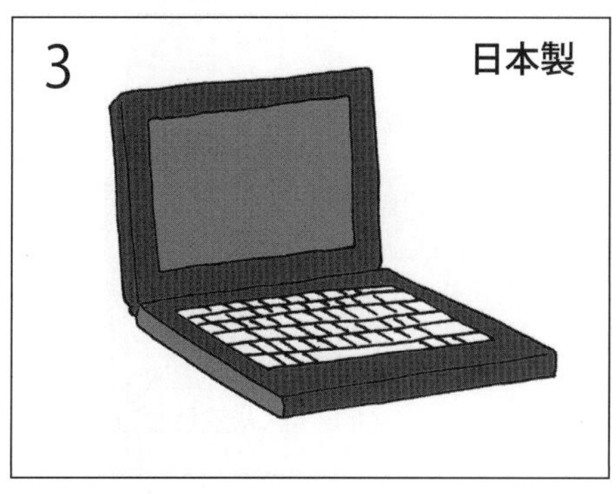

4
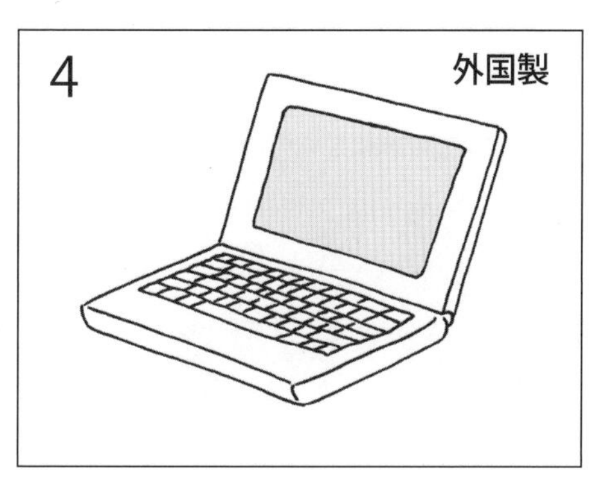

5ばん

1　テストの　べんきょうを　する

2　みんなに　メールを　する

3　おんなの　がくせいに　でんわを　する

4　みんなに　でんわを　する

6ばん

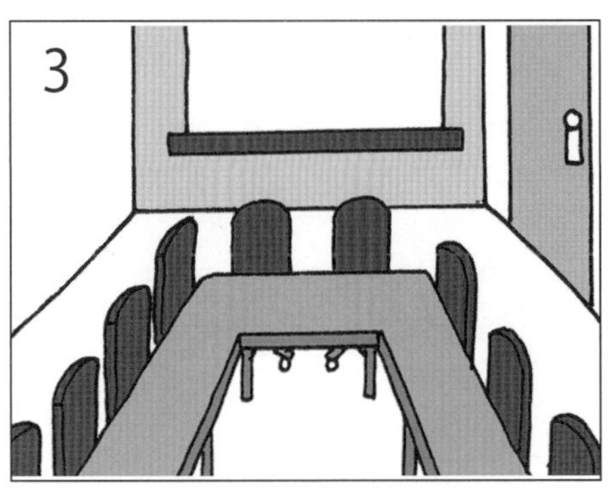

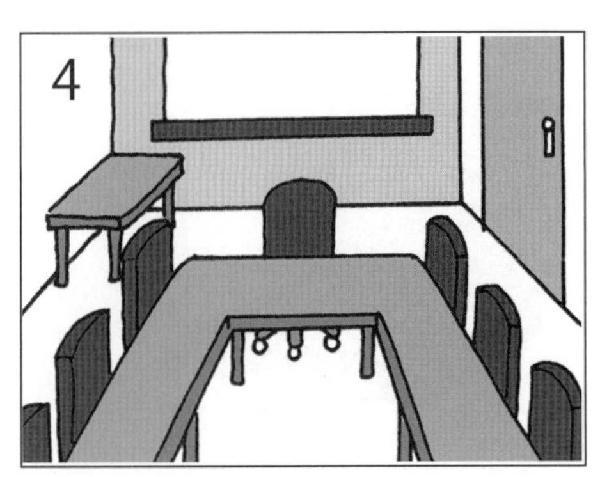

7ばん

1　としょかんに　かえす

2　家(いえ)で　ひとりで　きく

3　のむらくんに　わたす

4　のむらくんと　いっしょに　きく

8ばん

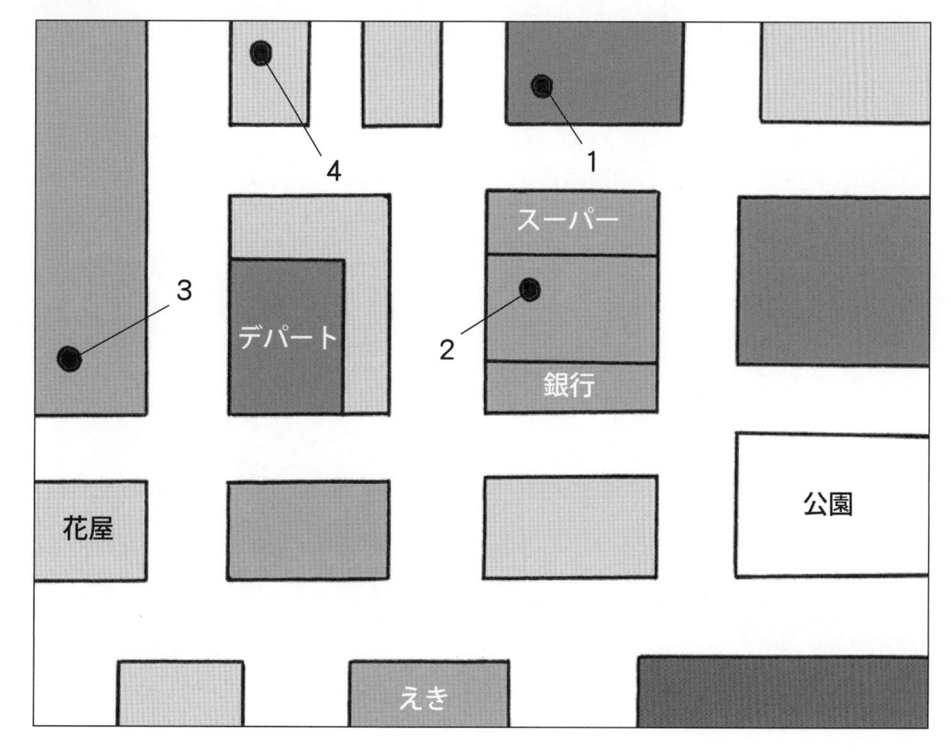

もんだい２

もんだい２では、まず　しつもんを　聞いて　ください。そのあと、もんだいようしを　見て　ください。読む　時間が　あります。それから　話を　聞いて、もんだいようしの　１から４の　中から、いちばん　いい　ものを　一つ　えらんでください。

れい

1　デジカメを　持って　いないから
2　女の人の　デジカメが　気に　入って　いるから
3　自分の　カメラは　重いから
4　自分の　カメラは　こわれて　いるから

1ばん

1　てんぷらの　おみせ

2　すしの　おみせ

3　ステーキの　おみせ

4　ハンバーグの　おみせ

2ばん

1　1ばんめ

2　9ばんめ

3　20ばんめ

4　21ばんめ

3ばん

1　午前(ごぜん)　10時(じ)

2　午前(ごぜん)　11時(じ)

3　午後(ごご)　1時(じ)

4　午後(ごご)　2時(じ)

4ばん

1　10人分(にんぶん)の　おべんとうを　かってくる

2　10人分(にんぶん)の　おかしを　かってくる

3　10人分(にんぶん)の　おかしと　おちゃを　かってくる

4　かんげいかいの　ために　へやの　そうじを　する

5ばん

1　こうばんの　となりの　となりの　ビルの　3がい

2　こうばんの　となりの　ビルの　3がい

3　えきの　となりの　となりの　ビルの　3がい

4　えきの　となりの　ビルの　5かい

6ばん

1　らいしゅうの　きんようびの　午後（ごご）　1時（じ）から

2　こんしゅうの　きんようびの　午後（ごご）　3時（じ）から

3　らいしゅうの　きんようびの　12時半（じはん）から

4　らいしゅうの　きんようびの　午後（ごご）　3時（じ）から

7ばん

1　かんこくで　アルバイトを　したいから

2　かんこくの　かていを　見(み)たいから

3　かんこくごの　べんきょうを　したいから

4　かんこくの　だいがくに　行(い)きたいから

もんだい３

もんだい３では、えを　見(み)ながら　しつもんを　聞(き)いて　ください。
➡（やじるし）の　人(ひと)は　何(なん)と　言(い)いますか。１から３の　中(なか)から、いちばん　いい　ものを　一(ひと)つ　えらんで　ください。

れい

1ばん

2ばん

3ばん

4ばん

5ばん

もんだい４

もんだい４では、えなどが　ありません。まず　ぶんを　聞いて　ください。それから、そのへんじを　聞いて、１から３の　中から、いちばん　いい　ものを　一つ　えらんで　ください。

— メモ —

答對：
／34題

測驗日期：___月___日

文字・語彙

第6回

（だい　かい）

言語知識（文字・語彙）

もんだい1　＿＿の　ことばは　ひらがなで　どう　かきますか。1・2・3・4 から　いちばん　いい　ものを　ひとつ　えらんで　ください。

（例）春に　なると　さくらが　さきます。

1　はる　　2　なつ　　3　あき　　4　ふゆ

（かいとうようし）　|（例）| ● ② ③ ④ |

1　あなたの　字は　きれいです。

1　じ　　2　もじ　　3　て　　4　かお

2　いろいろな　動物が　います。

1　どおぶつ　　2　どうぶつ　　3　どぶつ　　4　しょくぶつ

3　この　場所に　集まって　ください。

1　ひろば　　2　ばしょ　　3　ばしお　　4　ばしょう

4　わたしの　家へ　案内します。

1　しょうかい　　2　しょうたい　　3　あんない　　4　あない

5　大学に　入ったら　文学を　べんきょうしようと　思います。

1　すうがく　　2　もじ　　3　ぶんがく　　4　ぶんか

6　十分に　休んでから　また、はたらきましょう。

1　じゅうぶん　　2　じっぷん　　3　じゅっぷん　　4　じゆうぶん

7 いえの　なかで　あかちゃんが　泣いて　います。

1　だいて　　2　ないて　　3　かいて　　4　きいて

8 母と　東京見物に　出かけます。

1　けんぶつ　　2　みもの　　3　けんがく　　4　げんぶつ

9 上の　かいに　行く　ときは　かいだんを　ご利用ください。

1　りょう　　2　りよ　　3　りよう　　4　りよお

もんだい２　＿＿の　ことばは　どう　かきますか。１・２・３・４から　いちばん　いい　ものを　ひとつ　えらんで　ください。

（例）毎日、この　道を　とおります。

1　返ります　　2　通ります　　3　送ります　　4　運ります

（かいとうようし）

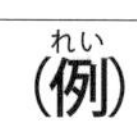	①　●　③　④

10　かれは　つよくて　やさしい　人です。

1　僾しい　　2　愛しい　　3　優しい　　4　憂しい

11　にもつは　たなの　上に　のせて　ください。

1　荷物　　2　荷持　　3　何物　　4　荷物

12　うまく　いくように　いのって　います。

1　祝って　　2　祈って　　3　折って　　4　祝って

13　いっぱんの　人には　かんけいが　ない　もんだいです。

1　一航　　2　一投　　3　一般　　4　一船

14　父は　びょういんで　はたらいて　います。

1　働いて　　2　働らいて　　3　動いて　　4　動らいて

15　ケーキを　三つ、はこに　入れて　ください。

1　箊　　2　箱　　3　節　　4　籍

もんだい３　（　　　）に　なにを　いれますか。１・２・３・４から　いちばん　いい　ものを　ひとつ　えらんで　ください。

（例）わからない　ことばは、（　　　）を　引きます。

１　ほん　　２　せんせい　　３　じしょ　　４　がっこう

（かいとうようし）

	①②●④

16　ひるごはんを　たべて、もう　いちど　がっこうに　（　　　）。

１　つもります　　２　もどります　　３　のぼります　　４　とおります

17　てんきよほうでは、あした　大きな　（　　　）が　くるそうです。

１　あめ　　２　かじ　　３　たいふう　　４　せんそう

18　どうぞ　（　　　）なく　なんでも　しつもんして　ください。

１　ぞんじ　　２　あいさつ　　３　えんりょ　　４　ようじ

19　ちかくの　いえで　さかなを　（　　　）　いい　においが　します。

１　やく　　２　まく　　３　とる　　４　さく

20　わたしの　クラスは　３たい２で　（　　　）　しまいました。

１　ひいて　　２　とめて　　３　かって　　４　まけて

21　いもうとは　かぜの　（　　　）　きょうは　がっこうを　やすみました。

１　なので　　２　ために　　３　だから　　４　ばかり

22　この　ふとんは　とても　（　　　）ので　きもちが　いいです。

１　まずい　　２　やさしい　　３　きびしい　　４　やわらかい

23 手を　あげてから　自分の　（　　　）を　言って　ください。

1　いけん　　2　てきとう　　3　かいわ　　4　おれい

24 この　かばんは　デパートの　（　　　）で　かった　ものです。

1　アパート　　2　スカート　　3　バーゲン　　4　ストーブ

もんだい4　＿＿の　ぶんと　だいたい　おなじ　いみの　ぶんが　あります。1・2・3・4から　いちばん　いい　ものを　ひとつ　えらんで　ください。

（例）おとうとは　先生に　ほめられました。

1　先生は　おとうとに　「よく　できたね」と　言いました。
2　先生は　おとうとに　「こまったね」と　言いました。
3　先生は　おとうとに　「気を　つけろ」と　言いました。
4　先生は　おとうとに　「もう　いいかい」と　言いました。

（かいとうようし）

25　この　いけで　あそぶのは　きけんです。

1　この　いけで　あそぶと　おもしろいです。
2　この　いけで　あそぶと　あぶないです。
3　この　いけで　あそぶと　たのしいです。
4　この　いけで　あそぶと　こわいです。

26　かぞくで　しゃしんを　うつします。

1　かぞくで　しゃしんを　見ます。
2　かぞくで　しゃしんを　かざります。
3　かぞくで　しゃしんを　おくります。
4　かぞくで　しゃしんを　とります。

27　これ、よかったら　さしあげます。

1　これを　いただいても　かまいません。
2　これが　食べて　みたいです。
3　これを　持って　帰っても　いいです。
4　あなたは　これが　好きな　ようですね。

28 わたしは　えを　かくのが　それほど　うまく　ありません。

1　わたしは　えを　かくのが　とても　へたです。

2　わたしは　あまり　じょうずに　えを　かけません。

3　わたしは　どうしても　じょうずに　えを　かけません。

4　わたしは　えを　じょうずに　かく　ことが　できます。

29 わたしは　ねる　まえに　本を　よむのが　しゅうかんです。

1　わたしは　ねる　まえに　たまに　本を　よみます。

2　わたしは　ねる　まえに　本を　よむ　ことは　ありません。

3　わたしは　ねる　まえに　ときどき　本を　よみます。

4　わたしは　まいばん　ねる　まえに　本を　よみます。

もんだい5　つぎの　ことばの　つかいかたで　いちばん　いい　ものを　1・2・3・4から　ひとつ　えらんで　ください。

(例)(れい)　こわい

1　へやが　くらいので、こわくて　入れません。
2　足が　こわくて　もう　走れません。
3　外は　こわくて　かぜを　ひきそうです。
4　この　パンは　こわくて　おいしいです。

(かいとうようし)
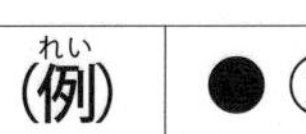

(例)(れい)	● ② ③ ④

30　そうだん

1　たいじゅうが　ふえたので、とても　そうだんしました。
2　先生に　そうだんが　ないように　して　ください。
3　こまった　ときは　いつでも　そうだんして　ください。
4　じぶんの　そうだんは、じぶんで　きめて　ください。

31　ていねい

1　かのじょは　ていねいに　わらいます。
2　かぜが　ていねいに　ふいて　います。
3　あいさつは　ていねいに　しましょう。
4　けさは　ていねいに　おきました。

32　ふかい

1　ふかい　じかん　おふろに　はいります。
2　えきまでは　ふかいので　じてんしゃで　いきます。
3　この　たてものは　ふかいので　けしきが　よく　見えます。
4　この　川は　ふかいので　ちゅういしましょう。

33 あまい

1　よる、ひとりで　あるくのは　あまいです。

2　この　花は　とても　あまい　においが　します。

3　すきな　テレビを　みるのは　あまいです。

4　まいにちの　しょくじの　ようには　なかなか　あまいです。

34 いじょう

1　1時間いじょうに　かいじょうに　つく　ことが　できます。

2　にもつは　5キロいじょうに　かるく　します。

3　5こいじょう　かえば　やすく　なります。

4　きつえんせきいじょうは　あいて　いません。

答對：

／35 題

言語知識（文法）・読解

もんだい１　（　　　）に　何を　入れますか。１・２・３・４から　いちばん　いい　ものを　一つ　えらんで　ください。

（例）わたしは　毎日　散歩　（　　　）　します。

１　が　　２　を　　３　や　　４　に

（解答用紙）　（例）　①　●　③　④

1　友だちの　ペットの　ハムスターに　（　　　）　もらいました。

１　さわらせて　　２　さわらさせて　　３　さわれて　　４　さわって

2　「ここに　ごみを　捨てる（　　　）！」

１　な　　２　し　　３　が　　４　を

3　彼は　病院に　行き　（　　　）　ない。

１　たがり　　２　たがら　　３　たがる　　４　たがれ

4　私が　パソコンの　使い方に　ついて　ご説明　（　　　）。

１　ございます　　２　なさいます　　３　いたします　　４　くださいます

5　ちょっと　道を　（　　　）　します。

１　ご聞き　　２　お聞き　　３　お聞く　　４　ご聞く

6　この本は　面白かったので　一日で　読んで　（　　　）。

１　いった　　２　いました　　３　ませんか　　４　しまった

7　暗く　なって　きたから　そろそろ　（　　　）。

１　帰った　　２　帰って　いる　　３　帰ろう　　４　帰らない

8 太郎(たろう)「花子(はなこ)さんは　テニスを　する　ことが　(　　　)。」
花子(はなこ)「はい。できますよ。」

1　できますか　　2　できました　　3　できますよ　　4　好(す)きですか

9 その　魚(さかな)は　焼(や)かないで　(　　　)　食(た)べられますか。

1　それほど　　2　そのまま　　3　それまま　　4　それでも

10 試合(しあい)に　勝(か)つ　ためには　もっと　練習(れんしゅう)　(　　　)。

1　しては　いけない　　2　した　ことが　ある
3　する　ことが　できる　　4　しなければ　ならない

11 お祝(いわ)いに、部長(ぶちょう)から　ネクタイを　(　　　)。

1　いただきました　　2　くださいました
3　さしあげました　　4　させられました

12 A「どうか　しましたか。」
B「何(なに)か　いい　におい（　　　）　します。」

1　の　　2　を　　3　が　　4　に

13 なにが　(　　　)　私(わたし)たちは　友(とも)だちです。

1　あったら　　2　あっても　　3　あってから　　4　あっては

14 (神社(じんじゃ)で)
鈴木(すずき)「山本(やまもと)さんの　お母(かあ)さんの　病気(びょうき)が　早(はや)く　治(なお)る（　　　）、お祈(いの)りを　して　行(い)きましょう。」
山本(やまもと)「ありがとう。」

1　ように　　2　ままに　　3　そうで　　4　けれど

15 お久(ひさ)しぶりです。お元気(げんき)　(　　　)　ね。

1　ならば　　2　すぎる　　3　そうに　　4　そうです

もんだい2　＿★＿に　入る　ものは　どれですか。1・2・3・4から　いちばん　いい　ものを　一つ　えらんで　ください。

(問題例(もんだいれい))

A「＿＿＿　＿＿＿　＿★＿　＿＿＿　か。」

B「はい、だいすきです。」

1　すき　　2　ケーキ　　3　は　　4　です

(答(こた)え方(かた))

1. 正(ただ)しい　文(ぶん)を　作(つく)ります。

A「＿＿＿＿　＿＿＿＿　＿＿★＿＿　＿＿＿＿か。」 　　2 ケーキ　3 は　　1 すき　　4 です B「はい、だいすきです。」

2. ＿★＿に　入(はい)る　番号(ばんごう)を　黒(くろ)く　塗(ぬ)ります。

(解答用紙(かいとうようし))	(例(れい))	● ② ③ ④

16　A「風(かぜ)が　強(つよ)く　なりましたね。」

B「そうですね。＿＿＿　＿＿＿　＿★＿　＿＿＿　ね。」

1　くるかも　　2　台風(たいふう)が　　3　です　　4　しれない

17　学生(がくせい)「日本(にほん)の　お米(こめ)は　＿＿＿　＿＿＿　＿★＿　＿＿＿　いるのですか。」

先生(せんせい)「九州(きゅうしゅう)から　北海道(ほっかいどう)まで、どこでも　生産(せいさん)して　います。」

1　て　　2　どこ　　3　作(つく)られ　　4　で

18 A「日本語の　どんな　ところが　むずかしいですか。」

B「外国人には　＿＿＿　＿＿＿　＿★＿　＿＿＿　ので、そこが　いちばん　むずかしいです。」

1　言葉が　　2　発音　　3　ある　　4　しにくい

19 A「あした　山に　いきますか。」

B「はい、その　つもりですが、＿＿＿　＿＿＿　＿★＿　＿＿＿　行きません。」

1　ふっ　　2　が　　3　たら　　4　雨

20 A「そろそろ　さくらが　さきそうですね。」

B「はい。＿＿＿　＿＿＿　＿★＿　＿＿＿　でしょう。」

1　もう　　2　さき　　3　すぐ　　4　だす

もんだい3　21 から 25 に　何を　入れますか。文章の　意味を　考えて、1・2・3・4から　いちばん　いい　ものを　一つ　えらんで　ください。

下の　文章は、友だちを　しょうかいする　作文です。

> わたしの　友だちに　吉田くん 21 人が　います。吉田くんは　高校の　ときから、走ることが　大好きでした。じゅぎょうが　終わると、いつも　一人で　学校の　まわりを　何回も　走って　いました。 22 吉田くんも、今は　大学生に　なりましたが、今でも　毎日　家の　近所を　走って　いるそうです。
>
> 吉田くんは、少し　遠くの　スーパーに　行くときも、バスに 23 、走って　行きます。それで、わたしは　「吉田くんは　なぜ　バスに　乗らないの？」と 24 。すると　かれは、「ぼくは、バスより　早く　スーパーに 25 。バスは　何回も　*バス停に　止まるけど、ぼくは　とちゅうで　止まらないからね。」と　言いました。

*バス停：客が乗ったり降りたりするためにバスが止まるところ。

21

1　が　　2　らしい　　3　と　いう　　4　と　いった

22

1　どんな　　2　あんな　　3　そんな　　4　どうも

23

1　乗らずに　　2　乗っては

3　乗っても　　4　乗るなら

24

1 聞(き)かれ　ました
2 聞(き)く　つもりです
3 聞(き)いて　あげました
4 聞(き)いて　みました

25

1 着(つ)かなければ　ならないんだ
2 着(つ)く　ことが　できるんだ
3 着(つ)いても　いいらしいんだ
4 着(つ)く　はずが　ないんだ

もんだい４　つぎの(1)から(4)の文章を読んで、質問に答えてください。答えは、１・２・３・４から、いちばんいいものを一つえらんでください。

(1)

小田さんの机の上に、このメモが置いてあります。

> 小田さん
>
> Ｐ工業の本田部長さんより電話がありました。
> ３時にお会いする約束になっているので、いま、こちらに向かっているが、事故のために電車が止まっているので、着くのが少しおくれるということです。
>
> 中山

26　中山さんは小田さんに、どんなことを伝えようとしていますか。

1　中山さんは、今日は来られないということ
2　本田さんは、事故でけがをしたということ
3　中山さんは、予定より早く着くということ
4　本田さんは、予定よりもおそく着くということ

(2)

スーパーのエスカレーターの前に、次の注意が書いてあります。

エスカレーターに乗るときの注意

◆ 黄色い線の内がわに立って乗ってください。

◆ エスカレーターの手すり*を持って乗ってください。

◆ 小さい子どもは、真ん中に乗せてください。

◆ ゴムのくつをはいている人は、とくに注意してください。

◆ 顔や手をエスカレーターの外に出して乗ると、たいへん危険です。決して、しないようにしてください。

＊手すり：エスカレーターについている、手で持つところ

27 この注意から、エスカレーターについてわかることは何ですか。

1 黄色い線より内がわに立つと、あぶないということ

2 ゴムのくつをはいて乗ってはいけないということ

3 エスカレーターから顔を出すのは、あぶないということ

4 子どもを真ん中に乗せるのは、あぶないということ

(3)

これは、大学に行っているふみやくんにお母さん届いたメールです。

ふみや

千葉のおじさんから、家に電話がありました。おじいさんの具合が悪くなったので、急に入院することになったそうです。

おじさんはいま、病院にいます。

千葉市の海岸病院の８階に、なるべく早く来てほしいということです。

わたしもこれからすぐに病院に行きます。

母

---

28 ふみやくんは、どうすればよいですか。

1 すぐに、一人でおじさんの家に行きます。

2 おじさんに電話して、二人で病院に行きます。

3 すぐに、一人で海岸病院に行きます。

4 お母さんに電話して、いっしょに海岸病院に行きます。

(4)

はるかさんは、小さなコンビニでアルバイトをしています。レジでは、お金をいただいておつりをわたしたり、お客さんが買ったものをふくろに入れたりします。また、お店のそうじをしたり、品物をたなにならべることもあります。最初のうちは、レジのうちかたをまちがえたり、品物をどのようにふくろに入れたらよいかわからなかったりして、失敗したこともありました。しかし、最近は、いろいろな仕事にも慣れ、むずかしい仕事をさせられるようになってきました。

29 はるかさんの仕事<u>ではない</u>ものはどれですか。

1 銀行にお金を取りに行きます。

2 お客さんの買ったものをふくろに入れます。

3 品物を売り場にならべます。

4 お客さんからお金をいただいたりおつりをわたしたりします。

もんだい5　つぎの文章を読んで、質問に答えてください。答えは、1・2・3・4から、いちばんいいものを一つえらんでください。

僕は①字を読むことが趣味です。朝は、食事をしたあと、紅茶を飲みながら新聞を読みますし、夜もベッドの中で本や雑誌を読むのが習慣です。中でも、僕が一番好きなのは小説を読むことです。

最近、②おもしろい小説を読みました。貿易会社に勤めている男の人が、自分の家を出て会社に向かうときのことを書いた話です。その人は、僕と同じ、普通の市民です。しかし、その人が会社に向かう間に、いろいろなことが起こります。動物園までの道を聞かれて案内したり、落ちていた指輪を拾って交番に届けたり、男の子と会って遊んだりします。そんなことをしているうちに、夕方になってしまいました。そこで、その人はとうとう会社に行かずに、そのまま家に帰ってきてしまうというお話です。

僕は「③こんな生活も楽しいだろうな」と思い、妻にこの小説のことを話しました。すると、彼女は「そうね。でも、④小説はやはり小説よ。ほんとうにそんなことをしたら会社を辞めさせられてしまうわ。」と言いました。僕は、なるほど、そうかもしれない、と思いました。

30　①字を読むことの中で、「僕」が一番好きなのはどんなことですか。

1　新聞を読むこと

2　まんがを読むこと

3　雑誌を読むこと

4　小説を読むこと

31　②おもしろい小説は、どんな時のことを書いた小説ですか。

1　男の人が、自分の家を出て会社に向かう間のこと

2　男の人が、ある人を動物園に案内するまでのこと

3　男の人が、出会った男の子と遊んだ時のこと

4　男の人が会社で働いている時のこと

読解

32 ③こんな生活とは、どんな生活ですか。

1 会社で遊んでいられる生活
2 一日中外で遊んでいられる生活
3 時間や決まりを守らないでいい生活
4 夕方早く、会社から家に帰れる生活

33 ④小説はやはり小説とは、どのようなことですか。

1 まんがのようにたのしいということ
2 小説の中でしかできないということ
3 小説の中ではできないということ
4 小説は読む方がよいということ

もんだい6　つぎのページの「Melon カードの買い方」という駅の案内を見て、下の質問に答えてください。答えは、1・2・3・4から、いちばんいいものを一つえらんでください。

34　「Melon カード」は、どんなカードですか。

1　銀行で、お金をおろすときに使うカード
2　さいふをあけなくても、買い物ができるカード
3　タッチするだけで、どこのバスにでも乗れるカード
4　毎回、きっぷを買わなくても電車に乗れるカード

35　ヤンさんのお母さんが、日本に遊びにきました。町を見物するために 1,000 円の「Melon カード」を買おうと思います。駅にある機械で買う場合、最初にどうしますか。

1　機械にお金を 1,000 円入れる。
2　「きっぷを買う」をえらぶ。
3　「Melon を買う」をえらぶ。
4　「チャージ」をえらぶ。

Melonカードの買い方

1. 「Melon カード」は、さきにお金をはらって（チャージして）おくと、毎回、電車のきっぷを買う必要がないという、便利なカードです。
2. 改札*を入るときと出るとき、かいさつ機にさわる（タッチする）だけで、きっぷを買わなくても、電車に乗ることができます。
3. 「Melon カード」は、駅にある機械か、駅の窓口*で、買うことができます。
4. はじめて機械で「Melon カード」を買うには、次のようにします。

①「Melon を買う」をえらぶ。 ⇒ ②「新しく『Melon カード』を買う」をえらぶ。

Melon を買う	チャージ
きっぷを買う	定期券を買う

「My Melon」を買う
チャージ
新しく「Melon カード」を買う

③何円分買うかをえらぶ。 ⇒ ④お金を入れる。

1,000円	2,000円
3,000円	5,000円

⑤「Melon カード」が出てくる。

＊改札：電車の乗り場に入ったり出たりするときに切符を調べるところ
＊窓口：駅や銀行などの、客の用を聞くところ

T6-1 ～ 6-9

もんだい 1

もんだい１では、まず　しつもんを　聞いて　ください。それから　話を　聞いて、もんだいようしの　１から４の　中から、いちばん　いい　ものを　一つえらんで　ください。

れい

1　月曜日
2　火曜日
3　水曜日
4　金曜日

1ばん

1　漢字（かんじ）

2　英語（えいご）

3　地理（ちり）

4　数学（すうがく）

2ばん

1　あした

2　あさって

3　3日後（かご）

4　いっしゅうかん後（ご）

3ばん

1　レポートを　20部　コピーし、すぐに会議室の　準備も　する

2　レポートを　20部　コピーして　名古屋に　20部　送る

3　レポートを　20部　コピーして　名古屋に　15部　送る

4　レポートを　20部　コピーして　名古屋に　5部　送る

4ばん

1

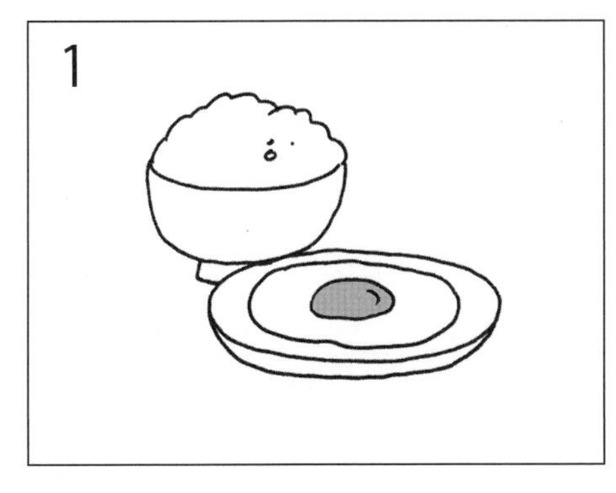

2

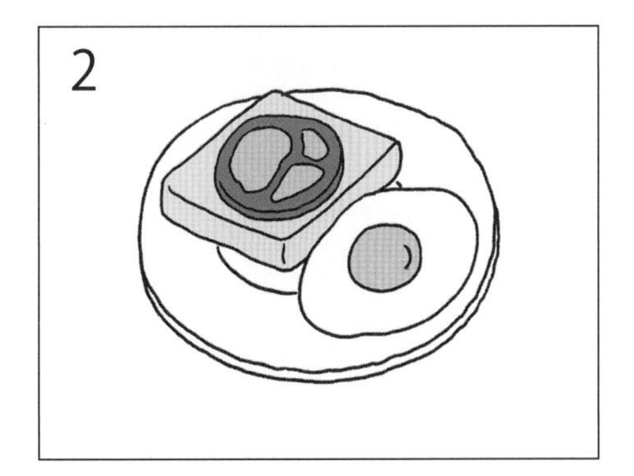

3

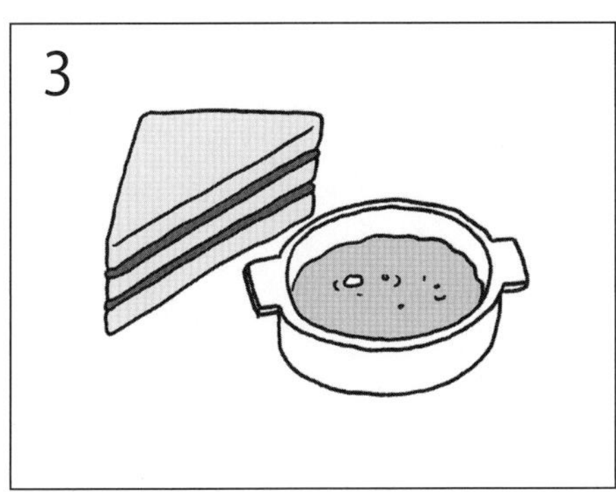

4

5ばん

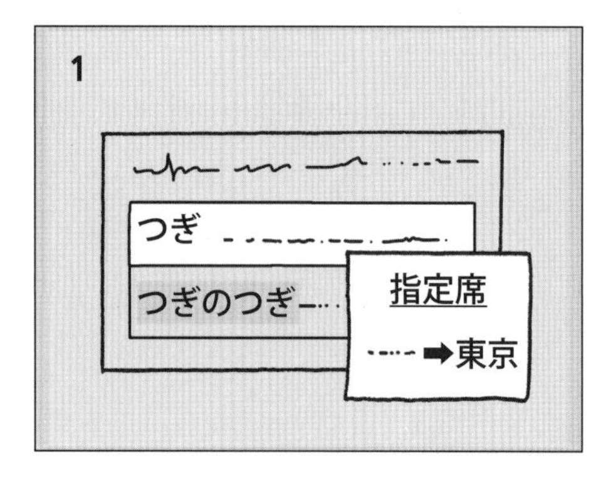

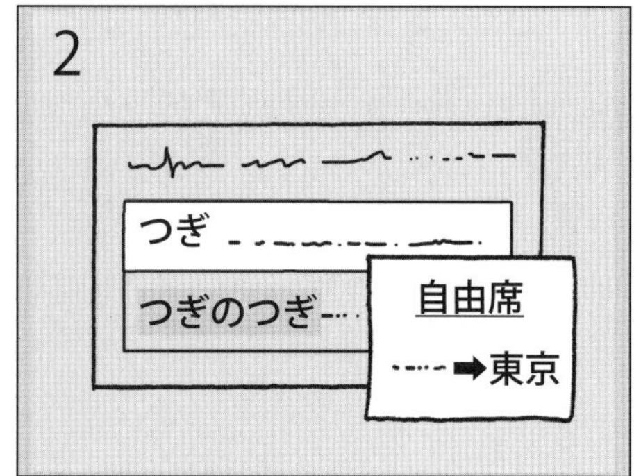

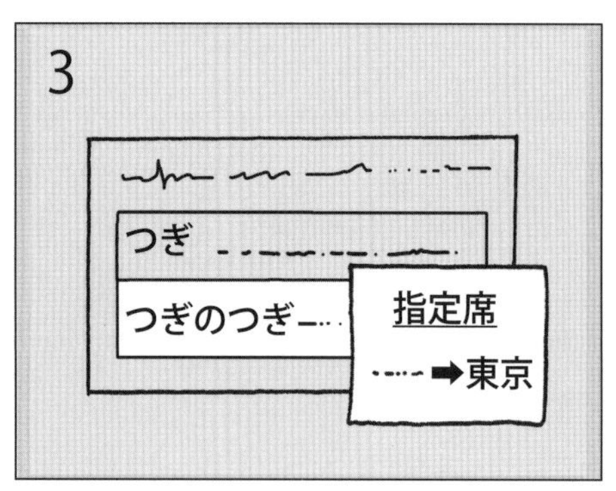

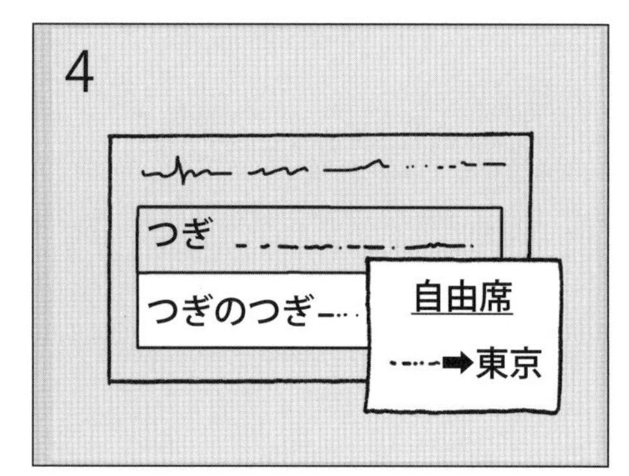

6ばん

1　予約（よやく）なしで、9月（がつ）10日（か）に　店（みせ）に　行（い）く

2　予約（よやく）なしで、9月（がつ）20日（か）に　店（みせ）に　行（い）く

3　予約（よやく）して、10月（がつ）10日（か）に　店（みせ）に　行（い）く

4　予約（よやく）して、10月（がつ）20日（か）に　店（みせ）に　行（い）く

7ばん

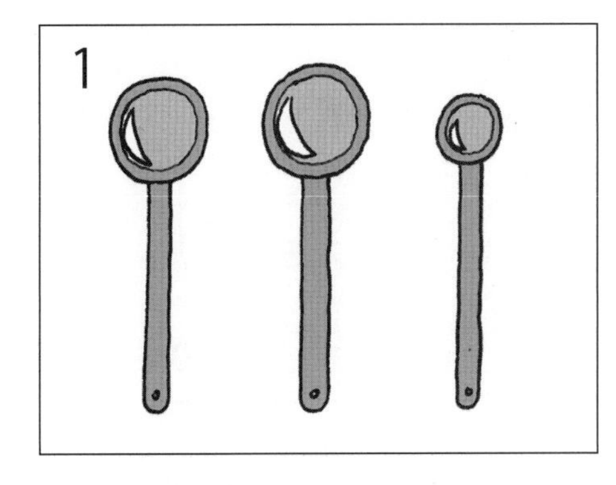

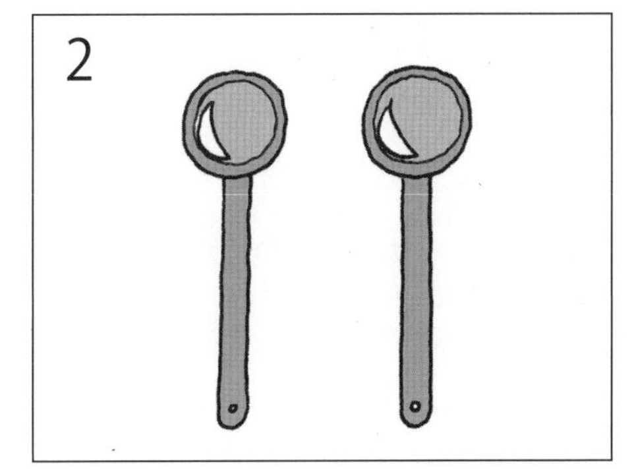

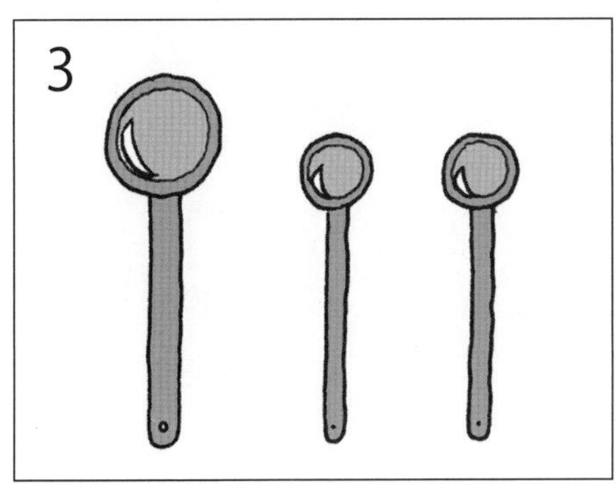

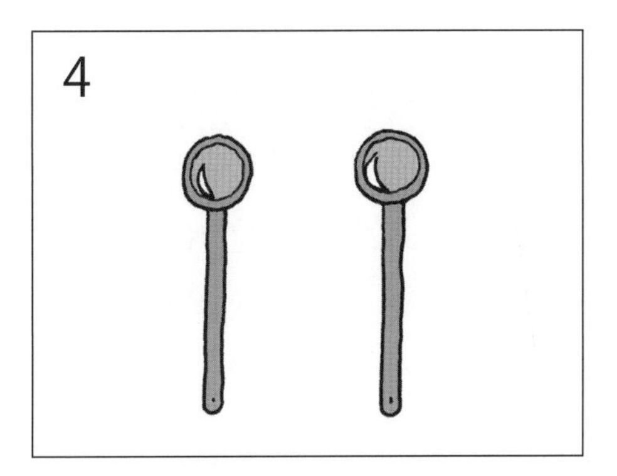

8ばん

1　ホテルの　係(かかり)の　人(ひと)に　伝(つた)える

2　ホテルに　電話(でんわ)する

3　木下(きのした)さんに　電話(でんわ)する

4　何(なに)も　しない

もんだい２

　もんだい２では、まず　しつもんを　聞いて　ください。そのあと、もんだいようしを　見て　ください。読む　時間が　あります。それから　話を　聞いて、もんだいようしの　１から４の　中から、いちばん　いい　ものを　一つ　えらんで　ください。

れい

1　デジカメを　持って　いないから
2　女の人の　デジカメが　気に　入って　いるから
3　自分の　カメラは　重いから
4　自分の　カメラは　こわれて　いるから

1ばん

1　えき

2　みなと

3　アメリカ

4　ひこうじょう

2ばん

1　彼氏（かれし）

2　父（ちち）

3　「ぼく」

4　ともだち

3ばん

1　新聞社（しんぶんしゃ）

2　スーパー

3　本屋（ほんや）

4　食堂（しょくどう）

4ばん

1　10月（がつ）20日（か）

2　11月（がつ）20日（か）

3　9月（がつ）20日（か）

4　9月（がつ）2日（か）

5ばん

1　テレビを　見て　まつ

2　ざっしを　よんで　まつ

3　はみがきを　して　まつ

4　まんがを　よんで　まつ

6ばん

1　じんじゃの　しゃしん

2　女の　人が　おどって　いる　しゃしん

3　男の　人が　おどって　いる　しゃしん

4　たこやきの　しゃしん

7ばん

1 明日(あした)の 2時(じ)から

2 あさっての 2時(じ)から

3 あさっての 9時(じ)から

4 あさっての 10時(じ)から

もんだい３

　もんだい３では、えを　見ながら　しつもんを　聞いて　ください。
➡（やじるし）の　人は　何と　言いますか。１から３の　中から、いちばん　いい　ものを　一つ　えらんで　ください。

れい

1ばん

2ばん

3ばん

4ばん

5ばん

もんだい４

T6-24～6-32

もんだい４では、えなどが　ありません。まず　ぶんを　聞(き)いて　ください。それから、そのへんじを　聞(き)いて、１から３の　中(なか)から、いちばん　いい　ものを　一(ひと)つ　えらんで　ください。

―　メモ　―

第１回 正答表

●言語知識（文字・語彙）

問題 1

1	2	3	4	5	6	7	8	9
2	1	2	1	2	3	4	3	2

問題 2

10	11	12	13	14	15
1	2	4	3	4	1

問題 3

16	17	18	19	20	21	22	23	24
4	2	2	1	1	2	4	2	1

問題 4

25	26	27	28	29
2	4	3	2	1

問題 5

30	31	32	33	34
3	4	2	1	2

●言語知識（文法）・読解

問題 1

1	2	3	4	5	6	7	8	9	10
2	3	4	2	2	4	3	2	1	4

11	12	13	14	15
2	1	3	2	4

問題 2

16	17	18	19	20
3	4	4	2	1

問題 3

21	22	23	24	25
2	4	3	1	4

問題 4

26	27	28	29
3	4	4	3

問題 5

30	31	32	33
3	2	4	1

問題 6

34	35
1	3

●聴解

問題 1

例	1	2	3	4	5	6	7	8
4	4	2	3	1	2	1	3	2

問題 2

例	1	2	3	4	5	6	7
3	1	4	1	3	3	2	2

問題 3

例	1	2	3	4	5
1	2	3	1	2	3

問題 4

例	1	2	3	4	5	6	7	8
1	1	2	3	1	2	3	3	2

第 2 回 正答表

●言語知識（文字・語彙）

問題 1

1	2	3	4	5	6	7	8	9
3	1	4	2	2	3	1	4	1

問題 2

10	11	12	13	14	15
2	3	4	2	2	1

問題 3

16	17	18	19	20	21	22	23	24
2	3	4	1	3	2	4	3	1

問題 4

25	26	27	28	29
2	3	4	3	1

問題 5

30	31	32	33	34
2	1	3	4	2

●言語知識（文法）・読解

問題 1

1	2	3	4	5	6	7	8	9	10
2	4	3	3	4	2	3	1	2	3

11	12	13	14	15
4	2	1	2	3

問題 2

16	17	18	19	20
4	2	4	3	4

問題 3

21	22	23	24	25
4	2	3	1	4

問題 4

26	27	28	29
3	1	2	3

問題 5

30	31	32	33
4	1	3	4

問題 6

34	35
3	1

●聴解

問題 1

例	1	2	3	4	5	6	7	8
4	2	4	1	1	3	4	3	2

問題 2

例	1	2	3	4	5	6	7
3	3	4	2	1	3	2	2

問題 3

例	1	2	3	4	5
1	1	2	3	1	3

問題 4

例	1	2	3	4	5	6	7	8
1	1	2	3	1	2	3	3	2

第 3 回 正答表

●言語知識（文字・語彙）

問題 1

1	2	3	4	5	6	7	8	9
2	4	3	1	4	3	2	1	2

問題 2

10	11	12	13	14	15
3	4	2	1	2	3

問題 3

16	17	18	19	20	21	22	23	24
1	2	3	4	2	4	4	3	2

問題 4

25	26	27	28	29
4	4	2	4	1

問題 5

30	31	32	33	34
4	2	4	2	1

●言語知識（文法）・読解

問題 1

1	2	3	4	5	6	7	8	9	10
3	3	2	4	1	4	3	4	1	1

11	12	13	14	15
3	4	3	2	1

問題 2

16	17	18	19	20
3	2	4	2	3

問題 3

21	22	23	24	25
2	2	3	1	4

問題 4

26	27	28	29
2	4	2	1

問題 5

30	31	32	33
1	3	2	3

問題 6

34	35
1	4

●聴解

問題 1

例	1	2	3	4	5	6	7	8
4	3	4	3	1	4	2	4	1

問題 2

例	1	2	3	4	5	6	7
3	4	2	2	1	3	2	4

問題 3

例	1	2	3	4	5
1	1	2	3	1	3

問題 4

例	1	2	3	4	5	6	7	8
1	1	2	3	1	2	3	3	2

第 4 回 正答表

●言語知識（文字・語彙）

問題 1

1	2	3	4	5	6	7	8	9
2	1	4	3	3	2	1	4	2

問題 2

10	11	12	13	14	15
2	3	2	3	4	1

問題 3

16	17	18	19	20	21	22	23	24
1	3	4	4	2	3	1	3	4

問題 4

25	26	27	28	29
2	3	1	4	3

問題 5

30	31	32	33	34
1	2	4	1	3

●言語知識（文法）・読解

問題 1

1	2	3	4	5	6	7	8	9	10
4	1	2	3	1	4	4	2	3	4

11	12	13	14	15
2	1	3	2	3

問題 2

16	17	18	19	20
4	1	3	2	1

問題 3

21	22	23	24	25
2	4	2	3	3

問題 4

26	27	28	29
2	1	3	3

問題 5

30	31	32	33
2	2	4	1

問題 6

34	35
2	4

●聴解

問題 1

例	1	2	3	4	5	6	7	8
4	2	2	1	3	1	4	1	4

問題 2

例	1	2	3	4	5	6	7
3	4	4	2	1	4	3	4

問題 3

例	1	2	3	4	5
1	2	2	1	3	2

問題 4

例	1	2	3	4	5	6	7	8
1	2	3	2	2	1	3	1	2

第 5 回 正答表

●言語知識（文字・語彙）

問題 1

1	2	3	4	5	6	7	8	9
3	2	4	1	2	2	4	1	3

問題 2

10	11	12	13	14	15
4	2	3	2	2	1

問題 3

16	17	18	19	20	21	22	23	24
2	1	2	4	4	1	2	2	3

問題 4

25	26	27	28	29
3	2	3	1	3

問題 5

30	31	32	33	34
4	3	4	3	2

●言語知識（文法）・読解

問題 1

1	2	3	4	5	6	7	8	9	10
1	4	1	4	3	2	3	1	2	3

11	12	13	14	15
2	4	1	2	2

問題 2

16	17	18	19	20
1	2	3	2	1

問題 3

21	22	23	24	25
3	3	1	2	4

問題 4

26	27	28	29
1	3	3	3

問題 5

30	31	32	33
4	1	2	3

問題 6

34	35
3	1

●聴解

問題 1

例	1	2	3	4	5	6	7	8
4	4	2	1	3	2	1	3	1

問題 2

例	1	2	3	4	5	6	7
3	1	2	3	2	1	4	3

問題 3

例	1	2	3	4	5
1	2	1	3	3	3

問題 4

例	1	2	3	4	5	6	7	8
1	2	2	1	3	1	3	2	1

第6回 正答表

●言語知識（文字・語彙）

問題 1

1	2	3	4	5	6	7	8	9
1	2	2	3	3	1	2	1	3

問題 2

10	11	12	13	14	15
3	4	2	3	1	2

問題 3

16	17	18	19	20	21	22	23	24
2	3	3	1	4	2	4	1	3

問題 4

25	26	27	28	29
2	4	3	2	4

問題 5

30	31	32	33	34
3	3	4	2	3

●言語知識（文法）・読解

問題 1

1	2	3	4	5	6	7	8	9	10
1	1	2	3	2	4	3	1	2	4

11	12	13	14	15
1	3	2	1	4

問題 2

16	17	18	19	20
4	3	1	1	2

問題 3

21	22	23	24	25
3	3	1	4	2

問題 4

26	27	28	29
4	3	3	1

問題 5

30	31	32	33
4	1	3	2

問題 6

34	35
4	3

●聴解

問題 1

例	1	2	3	4	5	6	7	8
4	1	3	4	3	2	3	1	1

問題 2

例	1	2	3	4	5	6	7
3	4	2	1	1	4	3	4

問題 3

例	1	2	3	4	5
1	1	1	2	3	2

問題 4

例	1	2	3	4	5	6	7	8
1	3	2	3	1	2	3	1	2

聴解スクリプト

(M：男性　F：女性)

N4 模擬試験　第一回

問題 1

例

男の人と近所の女の人が話しています。男の人は、燃えるごみを次にいつ出しますか。

M：すみません。おととい引っ越してきたんですが、ごみの出し方を教えてください。
F：ここでは、ごみを出すのは、1 週間に 3 回です。月曜日と水曜日と金曜日です。
M： きょうは火曜日だから、明日、燃えるごみを出すことができますね。
F：いいえ。明日は、燃えないごみを出す日です。燃えるごみは出すことができません。
M：燃えるごみを出す日は、いつですか。
F：月曜日と金曜日です。
M：ああ、そうですか。では、間違えないように出します。

男の人は、燃えるごみを次にいつ出しますか。

1 番

イギリスに留学している男の大学生と、日本にいるお母さんが、電話で話しています。男の大学生は、お母さんに何を買って帰りますか。

M：お正月は日本に帰るけど、おみやげは何がいい？
F：健の元気な顔が見られたら、それだけでいいよ。
M：そんなこと言わないで。そうだ、暖かいセーターにしようかな。
F：いいね。でも、そっちの服は高いんでしょう？
M：大丈夫。アルバイトをしてお金をためたから。それから、手袋も買っていくよ。
F：それじゃ、ほんとにセーターはいいよ。お金は大切にしなくちゃ。
M：わかった。じゃあ、セーターはやめるよ。

男の大学生は、お母さんに何を買って帰りますか。

2番

女の人と男の人が話しています。女の人はどの部屋に行きますか。

F：川田さんのお宅にうかがいたいのですが、たしか、このアパートですよね。

M：そうです。このアパートの２階です。

F：ここから２階の窓が見えますが、あの中のどの部屋ですか。

M：ほら、あの、角から２軒目の、カーテンが開いている部屋です。

F：服が干してある部屋ですか。

M：いえ、左から２軒目ではなく、右から２軒目の、木が植えてある部屋ですよ。

女の人はどの部屋に行きますか。

3番

男の学生と女の学生が話しています。女の学生は、卒業式にどんな格好で行きますか。

M：中山さんは、卒業式には何を着て行くの？

F：今、考えているの。おばあちゃんがお祝いにお金をくれたから、それで、着物を買おうかと思ってるの。

M：ふうん。でも、着物は卒業式の後、あんまり着る機会がないと思うけど。ぼくは、前に買った黒いスーツにしようと思ってるんだ。赤いネクタイも持ってるしね。

F：じゃあ、私も前に買った青いワンピースにしようかな。お祝いのお金は貯金することにしよう。

女の学生は、卒業式にどんな格好で行きますか。

4番

男の子とお母さんが話しています。お母さんは、明日、何時に男の子を起こさなければなりませんか。

M：明日、５時８分の電車に乗るんだから、４時半に起こしてね。

F：学校に集まるのは６時でしょう？うちから学校までは30分ぐらいなんだから、早すぎるんじゃないの？

M：朝、早い時間は電車が少ないんだよ。5時８分の次の電車は5時35分なんだ。それだと、遅くなるよ。

F：わかった。必ずおこしてあげるね。

お母さんは、明日、何時に男の子を起こさなければなりませんか。

5番

大学で男の人と女の人が話しています。女の人は本をどうしますか。

M：田中先生見なかった？

F：田中先生なら、授業のあと研究室に戻られましたよ。どうして？

M：この本、レポートを書くために田中先生に借りたんだけど、もう書いてしまったから返そうと思って。

F：あ、私、ちょうど田中先生の研究室に行くところだけど。

M：じゃ、悪いけど、この本、田中先生に返してくれる？

F：いいですよ。私もまだレポート書いてないから、この本借りようかな。

M：そうすればいい。すごく役に立ったよ。

女の人は本をどうしますか。

6番

家で女の人と男の人が話しています。二人は子どもに何を習わせますか。

F：実に、そろそろなにか習わせたいと思うんだけど、どうかな。

M：いいね。この辺は少年サッカーチームが強いから、そこに入れようか。

F：サッカーチームに入れると、土曜日はいつも私が実を送っていかなければならないから、ちょっとそれは無理。

M：じゃあ、スイミングスクールはどう？駅前にスクールがあったよね。駅前までなら、一人でも行かせられるし。

F：そうね、水泳はいいかもしれない。でも、ピアノも習わせたいな。英語もこれから役に立ちそうだし。

M：そんなにいくつもやらせないで、まず、水泳だけにしようよ。体が一番大切だから。

F：それもそうね。

二人は子どもに何を習わせますか。

7番

女の人と男の人が話しています。男の人は、どうしますか。

F：あれ、田中さん、どうしたの？目が赤いね。

M：外から帰ってくると、目がかゆいんだよ。

F：花粉症かもしれないね。いつから？去年は大丈夫だったよね。

M：今年から急になんだ。

F：眼鏡をかけると、いいらしいよ。でも、まずは医者に行って、花粉症かほかの目の病気か、診てもらったほうがいいよ。

M：そうだね。そうするよ。

男の人は、どうしますか。

8番

女の人と男の人が、車の中で話しています。男の人は、車を止めるために、まず、どこに行きますか。

F：私、この先のデパートに買い物に行きたいの。デパートの駐車場に車を止めてくれる？

M：でも、デパートの駐車場は、この前もいっぱいで止められなかったよ。

F：じゃあ、50 メートルぐらい先の角にある駐車場はどう？

M：ああ、でも、あの駐車場は料金がすごく高いんだよ。公園のそばの駐車場じゃだめ？

F：公園は遠いでしょう。あんまり遠い所はいやだな。

M：わかった、わかった。まずデパートの駐車場に行ってみて、いっぱいだったら角の駐車場にしよう。

男の人は、車を止めるために、まず、どこに行きますか。

問題2

例

男の人と女の人が話しています。男の人は、どうしてカメラを借りるのですか。

M：来週の日曜日、きみの持っているカメラを貸してくれるかい。

F：いいですよ。でも、先輩はすごくいいカメラを持っているでしょう。あのカメラ、壊れたんですか。

M：いや、あのカメラはとてもよく撮れるんだけど、重いんだよ。日曜日はたくさん歩くから、荷物は軽くしたいんだ。

F：そうなんですか。わかりました。どうぞ使ってください。

男の人は、どうしてカメラを借りるのですか。

1番

学校の食堂で、女の学生と男の学生が話しています。男の学生は、お昼に何を食べますか。

F：田中君、どうしたの。真面目な顔をして。何か考えてるの？

M：いや、考えているんじゃないよ。ハンバーグができるのを待っているところだよ。

F：なんだ、そうか。向こうの人が食べている天ぷらが食べたいのかと思った。

M：たしかに、あの天ぷら、おいしそうだね。

F：私は、今日はカレーライスだったよ。

M：ああ、ここ、カレーライスもおいしいよね。

男の学生は、お昼に何を食べますか。

2番

女の人と店の人が話しています。女の人は、全部でいくら払いましたか。

F：このりんごおいしそうね。いくら？

M：安いよ。3個で300円だ。

F：じゃあ、それを2個ください。2個だから200円ね。はい、200円。

M：あ、お客さん、これ3個で300円だけど、1個は120円だから、2個だと240円なんだ。3個買うほうが安いよ。

F：えっ、そうなの。でも、一人で3個は食べられないし、1個でいいです。

M：はーい。

女の人は、全部でいくら払いましたか。

3番

家で男の子がお母さんに話をしています。友達のひろし君は何組になりましたか。

M：今日から新しいクラスになったよ。ぼくはB組になった。

F：好きな友達と同じクラスになった？

M：こういち君はA組だし、ゆうすけ君はD組。

F：あら、残念ね。ひろし君は？

M：ひろし君は、こういち君と同じクラス。でも、たかし君とともゆき君は僕と同じB組だから、よかったよ。

F：そうね。

友達のひろし君は何組になりましたか。

4番

おばあさんと男の子が話しています。男の子は、どうして奈良に行きたいですか。

F：もうすぐ春休みね。どこかへ旅行に行くの？
M：うん、奈良に行きたいと思っているんだ。
F：ああ、春の奈良は桜がきれいでしょうね。
M：桜もいいけど、それより、見たいお寺があるんだ。
F：そう。奈良は歴史の勉強にもなるから、いってらっしゃい。

男の子は、どうして奈良に行きたいですか。

5番

男の人と女の人が話しています。女の人は、旅行中、何をしていましたか。

M：これ、先週、旅行したときの写真なの？
F：ええ、東京よりもだいぶ寒かったけれど、とてもいい景色でした。
M：夏の間は、観光客が多いらしいけれど、今ごろはずっと減るんだろう？寂しくなかった？
F：いいえ。ゆっくりできました。
M：一人でいろいろな所に行ってみたの？
F：あまり遠くまでは出かけませんでした。泊まったホテルの庭で絵を描いたりしていたんです。
M：それもすてきだね。

女の人は、旅行中、何をしていましたか。

6番

天気予報を聞いています。今度の金曜日の東京の天気は、どうだと言っていますか。

F：今週1週間の天気予報をお伝えします。東京は、明日の月曜日から水曜日までは、雨ときどき曇りです。木曜日と金曜日は晴れますが、木曜日は風が強く、また金曜日は夜から雨が降り出すでしょう。しかしその雨も長くは続かずに、土曜日と日曜日は晴れて、いい天気になるでしょう。

今度の金曜日の東京の天気は、どうだと言っていますか。

7番

女の高校生と男の高校生が話しています。女の高校生は将来何になりたいですか。

F：先輩は、将来どんな仕事がしたいですか。

M：そうだね。子どものときは電車の運転手になりたかったな。

F：私は、ピアノを習っていたから、音楽の先生になりたいと思っていました。今は看護師になろうと思っています。

M：そうか。僕は小学校の先生になりたいな。子どもが好きだし、両親も小学校の先生だから。

女の高校生は将来何になりたいですか。

問題3

例

出された食べ物の食べ方がわかりません。何と言いますか。

F：1. これは、どのようにして食べるのですか。
　2. これは食べられますか。
　3. これを食べますか。

1番

料理をもっと食べるように言われましたが、もうおなかがいっぱいです。何と言いますか。

F：1. おなかが痛くなるので、もういいです。
　2. おなかがいっぱいなので、もうけっこうです。
　3. もういやになるほどたくさん食べました。

2番

今日、退院します。看護師さんに何と言いますか。

M：1. じゃあ、これで帰ります。

2. 退院、おめでとうございます。

3. どうもお世話になりました。

3番

お客様に、お父さんが、今、家にいないことを伝えます。何と言いますか。

F：1. 父はただ今出かけております。

2. 父が何時に帰るか、分かりません。

3. 父はどこかに行ってしまいました。

4番

旅行のおみやげをおばさんにわたします。何と言いますか。

F：1. おみやげ、ほしいですか。

2. 旅行のおみやげです。どうぞ。

3. おみやげ、いただきました。

5番

先生の声が小さくて聞こえません。先生に何と言いますか。

M：1. すみませんが、ずいぶん大きい声で話してください。

2. すみませんが、もっと大きい声で話していいですか。

3. すみませんが、もう少し大きい声で話してください。

問題4

例

F：もう朝ご飯はすみましたか。

M：1. いいえ、これからです。

2. はい、まだです。

3. はい、すみません。

1番

F：けがをしたところはまだ痛いですか。

M：1. もう大丈夫です。
2. きっと痛くないです。
3. たぶん痛いです。

2番

M：向こうに着いたら、はがきをくださいね。

F：1. はがきを楽しみにしています。
2. はい、きっと出します。
3. はい、たぶん出すかもしれません。

3番

F：あなたのクラスには、生徒が何人くらいいますか。

M：1. けっこう多くないです。
2. 去年よりだいぶ少なくなりました。
3. 30人ぐらいです。

4番

M：夏休みはどんな予定ですか。

F：1. 国に帰るつもりです。
2. 忙しいですか。
3. どうしますか。

5番

F：パンは、何個ずつもらっていいですか。

M：1. 全部で16個あります。
2. 一人2個ずつです。
3. 今日のお弁当にします。

6番

F：お茶でもいかがですか。

M：1. どうぞ召し上がってください。
2. コーヒーでもいいです。
3. ありがとうございます。いただきます。

7番

F：ねえ、散歩しない？

M：1. うん、散歩しない。
2. ううん、するよ。
3. そうだね、しよう。

8番

F：休みの日は、どうしていますか。

M：1. どうするか、まだ決めていません。
2. ゆっくり休んでいます。
3. 田舎へ行きました。

N4 模擬試験 第二回

（此回合例題參照第一回合例題）

問題1

1番

駅で男の人と女の人が話しています。二人は何で卒業式の会場に行きますか。

M：予定より遅くなったな。卒業式が始まるまで、あと 20 分だよ。歩いたら間に合わないかもしれない。

F：駅から卒業式の会場まで行くバスがあるらしいよ。それで行けば 5 分で着くそうだけど……、ああ、でも次のバスが出るのは 10 分後だ。

M：じゃ、タクシーに乗ろう。

F：でも、タクシーはお金が高いからやめよう。

M：二人で乗るんだから、一人分は、バス代よりちょっと高くなるだけだよ。

F：そうだね。あ、ちょうどタクシーが来た。

二人は何で卒業式の会場に行きますか。

2番

男の人と女の人が話しています。男の人は、明日何時に女の人の家に迎えに行きますか。

M：明日、先生のお宅に 12 時にうかがう約束だよね。君の家に何時に迎えに行こうか。

F：そうね。うちから地下鉄の駅まで歩いて 10 分、それから先生のお宅までだいたい 40 分かかるから、11 時でいいんじゃないかな。

M：でも、先生のお宅には初めてうかがうんだから、家を探すのに時間がかかるかもしれないよ。だから、10 時半頃行くよ。

F：では、待っています。

男の人は、明日何時に女の人の家に迎えに行きますか。

3番

デパートで、女の子とお父さんが話しています。女の子はどのプレゼントを選びますか。

F：お父さん、お母さんの誕生日のプレゼントに、これを買おうと思うんだけど、どう？

M：え、こんないいハンドバッグを買うなんて、夏美、そんなにお金持ってるの？

F：お父さんにも少しお金を出してもらいたいと思って、いっしょに来てもらったのよ。

M：だめだよ。夏美からお母さんへのプレゼントなんだから、自分で買いなさい。ハンカチとか、いろいろあるだろう？

F：去年もハンカチだったし、お母さんバッグが喜びそうなのよ。

M：ほら、このバラの絵のついたバッグなら、そんなに高くないよ。

F：そうね。

女の子はどのプレゼントを選びますか。

4番

男の人と女の客が話しています。男の人はどうしますか。

M：こんにちは。外は暑かったでしょう。今、冷房をつけますね。

F：ありがとうございます。でも、大丈夫です。今、風邪をひいていますし、冷房は好きではありませんので。

M：そうですか。では、冷たい飲み物を差し上げましょう。オレンジジュースがいいですか。りんごジュースがいいですか。

F：あのう、すみませんが、熱いお茶をいただけますか。

M：わかりました。

男の人はどうしますか。

5番

男の人と女の人が、店で椅子を選んでいます。男の人は、どの椅子を買いますか。

M：この椅子、足を乗せる台がついていて、座りやすいようだね。

F：ほんとね。でも、大きすぎると思う。うちの部屋に置いたらほかに何も置けないよ。

M：じゃあ、こっちは？寝ながらテレビが見られるよ。

F：こっちは、もっと大きいでしょう。あなたがこれに寝たら、私はどこに座るの。やっぱり、一人用の椅子を二つ買いましょうよ。

M：そうだね。

男の人は、どの椅子を買いますか。

6番

女の人と男の人が話しています。二人は、いつ旅行をしますか。

F：桜がきれいな所に旅行に行かない？

M：いいね。来週の土曜日と日曜日はどう？

F：3月の29日・30日か……。そのころは学校が春休みだから、どこも人がいっぱいでしょうね。

M：でも、桜を見るんだったらなるべく早く行ったほうがいいと思う。

F：北の方なら4月に入ってからでも咲いているよ。4月12日・13日はどう？

M：12日の土曜日はゴルフの約束があるんだ。もう1週間遅くして、19日・20日にしよう。

F：それでもいいけど、たまには休みをとって、18日の金曜日から3日間行こうよ。

M：わかった。そうしよう。

二人は、いつ旅行をしますか。

7番

会社で、部長が女の人に話しています。女の人は弁当を何人分用意しますか。

M：今日の会議は、会社からは私のほか8名が出席、ほかの会社からお客様が4人いらっしゃるので、この用紙をコピーしておいてください。

F：わかりました。出席者のつくえの上に、コピーを置いておきます。

M：それから、会議は午後まで続くから、お弁当も用意しておいてください。

F：はい、会議に参加する12人のお弁当を用意しておきます。

M：弁当は僕のも忘れないでくださいね。

F：あ、そうですね。わかりました。

女の人は弁当を何人分用意しますか。

8番

男の人と女の人が話しています。男の人は、ベッドをどこに置きますか。

M：ベッドは、どこに置きますか。

F：壁につけてください。

M：こうですね？

F：いえ、窓の方が頭になるようにしてください。

M：分かりました。本棚は、どうしますか。

F：ベッドの足の方に置きます。丸い小さなテーブルと椅子は、部屋の真ん中に置いてください。

男の人は、ベッドをどこに置きますか。

問題２

１番

女の学生と男の学生が話しています。中田さんのかさは何色ですか。

F：昨日、中田さんがかさがないと言って探していたけど、知らない？

M：忘れ物を置く所に、赤いかさと黒いかさと青いかさが１本ずつあったよ。

F：ああ、きっと、その赤いかさが中田さんのよ。

M：そう。今日も、午後から雨が降りそうだから、すぐに教えてあげるといいね。

F：そうします。

中田さんのかさは何色ですか。

２番

高校生が卒業した先輩と話しています。先輩は、どうして小学校の先生になりたいですか。

F：田中さんはこの高校を卒業したあと、先生になるための大学に行ったのですね。小さいときから将来は先生になると決めていたのですか。

M：小さいときにはお医者さんになりたかったです。

F：では、なぜ、先生になると決めたのですか。

M：母も小学校の先生をしていますので、母の生徒たちがときどき家に遊びにくるのです。その子どもたちがとてもかわいいので、先生になろうと決めました。

F：では、卒業されたら小学校の先生ですね。

M：そうですね。それが一番なりたいものです。

先輩は、どうして小学校の先生になりたいですか。

３番

男の人と女の人が話しています。女の人は、友達と何時に約束しますか。

M：あおいデパートの展覧会には、もう行きましたか。

F：ああ、写真の展覧会ですね。まだ行っていません。今度の土曜日に、友達と一緒に行く予定です。

M：人が多いので、なるべく午前中に行った方がゆっくり見ることができますよ。

F：そうですか。友達と午後２時に約束していたんだけど、じゃあ、10時にします。

M：そのほうがいいと思いますよ。

女の人は、友達と何時に約束しますか。

4番

店員と女の人が話しています。店員がしてはいけないと言っているのはどんなことですか。

M：このテーブル、いかがですか。とても丈夫ですよ。

F：うちの子は、テーブルの上に乗ったりするのですが、大丈夫ですか。

M：はい、大丈夫です。このテーブルは、大人が乗ってもこわれません。

F：テーブルに鉛筆で絵をかいたりしますが、消すことはできますか。

M：はい、大丈夫です。ただ、熱いものをのせるのはだめですよ。

F：じゃ、これにしよう。

店員がしてはいけないと言っているのはどんなことですか。

5番

医者と男の人が話しています。男の人はどんなことに気をつけなければならないですか。

F：だいぶよくなりましたね。もう、普通の食事にしても大丈夫ですよ。

M：魚や肉も食べていいですか。

F：食べていいですよ。野菜もたくさん食べてください。しかし、一つ気をつけなければならないのは、お塩のとり過ぎです。

M：わかりました。塩をとり過ぎないように気をつけます。

F：お薬はしばらく続けてくださいね。1か月たったら、また、来てください。お薬をだしますから。

男の人はどんなことに気をつけなければならないですか。

6番

男の高校生と女の高校生が話しています。女の高校生のお弁当を作ったのはだれですか。

M：わあ、おいしそうなお弁当だね。君が作ったの？

F：私じゃないよ。こんなお弁当を作れたらいいけど。

M：じゃ、お母さん？

F：いつもは母が作ってくれるんだけど、今、風邪をひいているから、今日は、朝ご飯は私が作って、お弁当はおばあさんが作ってくれたの。

M：へえ、料理が上手だね。

F：私も、母とおばあさんに料理を習って、自分のお弁当は自分で作るようにしたいと思っているの。

女の高校生のお弁当を作ったのはだれですか。

7番

男の人と女の人が話しています。壁にかかっている絵は誰がかいたのですか。

M：いい絵ですね。有名な人の絵ですか。

F：いえ、いえ。家の者がかいた絵ですよ。

M：奥様でないとすると、ご主人ですか。

F：二人とも絵は好きですが、これは、子どもがかいたのです。

M：えっ、小学生の娘さんが？

F：いいえ、一番下の５歳の息子です。

M：ええっ、それはすごい。

壁にかかっている絵は誰がかいたのですか。

問題３

1番

友達の家に電話したら、お母さんが出ました。友達をよんでほしいです。何と言いますか。

F：1. 萌さん、いますか。

2. 萌を出してよ。

3. 萌は？

2番

医者に、おなかが痛いことを伝えます。何と言いますか。

F：1. おなかが痛かった。

2. おなかが痛いです。

3. おなかに痛みです。

3番

ぼうし売り場で、お母さんが子どものぼうしを選んで持ってきました。子どもに何と言いますか。

F：1. このぼうしを着てみましょう。
2. このぼうしをかざってみましょう。
3. このぼうしをかぶってみましょう。

4番

まちがったところに電話をかけてしまいました。何と言いますか。

F：1. すみません、まちがえました。
2. すみません、番号が変わりました。
3. すみません、どなたですか。

5番

先生にはさみを借りたいです。何と言いますか。

M：1. 先生、はさみ。
2. 先生、はさみを借りてください。
3. 先生、はさみを貸してください。

問題4

1番

F：お母さんはいつごろ家に帰られますか。

M：1. 午後4時には戻ります。
2. 午後4時から帰ります。
3. 午後4時までいます。

2番

M：旅行は楽しかったかい。

F：1. 1週間でした。
2. ええ、とても。
3. とても楽しみです。

3番

F：お元気でしたか。

M：1. これからもがんばりましょう。
2. お元気でしたら何よりです。
3. 1週間ほど入院しましたが、もう、大丈夫です。

4番

M：あの人はどなたですか。

F：1. この会社の社長です。
2. すばらしい人ですよ。
3. 今年72歳だそうです。

5番

F：ふう、重いなあ。

M：1. 手伝わせましょうか。
2. 荷物、お持ちしましょうか。
3. 荷物、持たれてください。

6番

F：無理するなって、言っただろう。

M：1. だから、そう言いました。
2. 無理を言ってすみません。
3. でも、仕方がなかったのです。

7番

F：いったいどのくらい食べたの？

M：1. うん、すごくうまかった。
　　2. いっしょに食べようよ。
　　3. カレーライスをお皿に３杯。

8番

F：今、ちょっとよろしいですか。

M：1. どうぞよろしく。
　　2. はい、何でしょうか。
　　3. ありがとうございます。

N4 模擬試験　第三回

（此回合例題參照第一回合例題）

問題 1

1番

男の人と女の人が話しています。男の人は、何を持って出かけますか。

M：カーテンは閉めておきましょうか。
F：暗くならないうちに帰るので、カーテンは開けたままでいいですよ。
M：暖房は、消しますか。
F：もちろん、そうしてください。お金は私が持っています。
M：店の場所を知らないんですが、ご存じですか。
F：いいえ。初めて行く所なので、知りません。
M：そうですか。じゃ、僕、地図を持って行きます。鍵は持ちましたか。
F：はい。ドアは私が閉めていきます。

男の人は、何を持って出かけますか。

2番

車の横で、女の人と男の人が話しています。女の人は何をしますか。

F：私が運転しましょうか。

M：いや、途中で代わってもらうかもしれないけど、しばらく僕が運転するよ。君は、後ろの席で子どもたちの世話をして。寝ていてもいいよ。

F：子どもたち、もう寝ちゃった。

M：じゃ、君も後ろの座席で寝ていったら。

F：全然眠くない。

M：えーっと、地図は持ったかな。

F：そうだ、今日行くところは初めてのところだから、私、前の席で案内するね。

女の人は何をしますか。

3番

部屋で兄と妹が話しています。兄はどうしますか。

F：お兄ちゃん、テレビ消してくれない？

M：え、どうして。これから大好きな番組が始まるところだよ。

F：うるさくて勉強ができないよ。明日、テストなのに。

M：勉強なら自分の部屋でやれよ。

F：私の部屋は暖房が壊れて寒いの。だからお兄ちゃん、自分の部屋でテレビ見てよ。お兄ちゃんの部屋は、暖房あるんだから。

M：しかたないな。じゃ、そうするか。

兄はどうしますか。

4番

お母さんが子どもに電話をしています。お母さんは何を買って帰りますか。

F：もしもし、光ちゃん？今、スーパーにいるんだけど、お昼に何か買って帰りましょうか。

M：うん、買ってきて。僕、おなかがすいたよ。パンがいいな。

F：どんなパン？甘いのがいい？甘くないのがいい？

M：甘くないのがいいな。

F：じゃ、サンドイッチにする？

M：そうだなあ。それより、ハンバーグが入っている丸いのがいいな。それを２個ね。

F：はい、はい。じゃ、買ったらすぐ帰ります。

M：あ、それから飲み物もお願い。コーヒーじゃなくて紅茶がいいな。

F：はーい。

お母さんは何を買って帰りますか。

5番

母親と大学生の息子が話しています。息子は今日、何時に出かけますか。

F：あら、今日は朝から授業がある日でしょう？

M：うん、火曜日は９時から授業があるよ。

F：じゃあ、早く出かけないと遅れるよ。大学まで 30 分はかかるでしょ？

M：でも今日の講義は、先生が病気だからお休みなんだ。

F：そう、じゃあ、今日は午後から出かけるのね。３時からまた別の講義があると言っていたから。

M：うん。でもね、12 時に大学の食堂でリカちゃんと会う約束なんだよ。

F：まあ。

息子は今日、何時に出かけますか。

6番

パーティー会場で男の人と女の人が話しています。男の人は、どの人にあいさつしますか。

M：きみ、A 社の社長の谷口さんを知っているそうだね？ごあいさつしたいんだけど、どの人？

F：あそこのテーブルにいらっしゃいますよ。ほら、黒い上着を着ている人ですよ。

M：ひげがある人？

F：いえ、あの人じゃありません。えーと、もっと左のほうの眼鏡をかけている人です。

M：ああ、わかった。やさしそうな人だね。じゃ、あいさつしてくるよ。

F：はい。いってらっしゃい。

男の人は、どの人にあいさつしますか。

7番

女の人と男の人が話しています。男の人はいつ、なんという歯医者に行きますか。

F：下田さん、朝早くどちらへいらっしゃるのですか。

M：歯医者さんです。昨日から歯が痛いので、今度新しくできた山中という歯医者に行ってみようと思っているのです。

F：ああ､その歯医者さんでしたら､駅のそばですが､月曜日は午後からですよ。今日は月曜日ですよ。

M：えっ、困ったな。家の近くの大月という歯医者は、予約をしておかないとだめなんですよ。今すぐに電話をしても、来週にならないと予約が取れないのです。

F：では、明日まで待って山中さんに行ったらどうですか。

M：明日までは、痛くて待てません。そうだ、午前中待って、午後行くことにしよう。

男の人はいつ、なんという歯医者に行きますか。

8番

レストランで客がお店の人と話しています。お店の人はどうしますか。

F：すみません。

M：はい。お食事がお済みになりましたら最後にケーキはいかがですか。おいしいケーキがございますよ。

F：いえ、もう今日はおなかいっぱいです。お水をもらえますか。

M：コーヒーや紅茶もございますが。

F：いえ、薬を飲むためのお水がほしいんです。

M：失礼しました。ただいまお持ちいたします。

お店の人はどうしますか。

問題2

1番

女の学生と男の学生が話しています。男の学生は、今日何時間勉強しますか。

F：何を考えているの。心配そうな顔をして。

M：明日、テストだろう。まだ、全然勉強してないんだ。

F：あら、大変！どうするつもり？

M：これから家に帰ると3時には着くだろう。6時まで勉強して、それから、夕御飯を食べてしばらく休み、7時半からまた、2時間勉強。30分テレビを見て夜中の1時まで勉強すれば、なんとかなるだろう。

F：ま、がんばってね。

男の学生は、今日何時間勉強しますか。

2番

スーパーでアルバイトをしている女の学生が、自分の仕事について話しています。女の学生は、どんなときにうれしいと言っていますか。

F：私は、スーパーでアルバイトをしています。レジで、品物のお金をいただいたり、おつりをわたしたりする仕事です。はじめのうちは、並んでいるお客様に「遅いよ」と叱られました。でも、時々「ありがとう」とお礼を言われます。そんなときは、とてもうれしいです。

女の学生は、どんなときにうれしいと言っていますか。

3番

母親と男の子が話しています。男の子は、何になりたいですか。

F：譲は、大人になったら何になりたい？

M：お医者さんになりたい。

F：お医者さんになるには、しっかり勉強しなくてはならないよ。

M：ふーん。じゃ、やめた。ケーキ屋さんになるよ。ケーキが大好きだから。

F：ケーキばかり食べていたら太るし、それに歯が悪くなるよ。

M：いいよ、僕、歯医者さんと結婚するから。

F：まあ！

男の子は、何になりたいですか。

4番

学校で、男の学生と女の学生が話しています。男の学生は何を家に忘れたのですか。

M：あ、しまった！これからちょっと家に帰ってくるよ。

F：もう授業が始まるよ。何か忘れ物でもしたの？

M：そうなんだ。一番大切なもの。

F：あ、宿題のレポートを持ってくるのを忘れたのね。

M：レポートは、まだ書いてないよ。携帯電話。

F：えー、それが一番大切なものなの？レポートは２番？

M：２番はお弁当とお箸だよ。

男の学生は何を家に忘れたのですか。

５番

電話で、男の人と飛行機の会社の女の人が話しています。男の人は何時の飛行機を予約しましたか。

M：もしもし、明日、東京から熊本まで行きたいのですが、何時の飛行機がありますか。

F：はい。午前と午後、どちらがいいですか。

M：午後がいいです。

F：午後ですと、1時20分、2時45分、4時50分がありますね。それから少し遅くなって、6時と7時、8時に1本ずつありますが、この3本は今のところ、空いていません。

M：そうですか。それでは、4時50分のをお願いします。

F：はい、ありがとうございます。1枚でよろしいですね。

M：はい。1枚、お願いします。

男の人は何時の飛行機を予約しましたか。

６番

先生が学生に説明しています。山に持っていかなくていいものは何ですか。

M：明日は山登りです。いい天気になりそうですね。

F：では、傘は持っていかなくていいですね。

M：いえ、山の天気は変わりやすいので、傘は必要です。

F：お弁当と飲み物、傘、それと地図を持っていくといいですね。

M：あ、お昼は、途中の店で食べることにしていますので、お弁当はいりません。飲み物やお菓子などは、持っていくといいですね。

山に持っていかなくていいものは何ですか。

7番

男の人と女の人が話しています。女の人の新しいアパートはどれですか。

M：引っ越したんですか。

F：そうなんです。

M：ふうん、どうして？海が見えていい景色だったし、駅にも近かったのに。

F：ええ、駅に近くて、私が会社に通うのには便利だったのですが、今度、娘が小学校に入学するので、学校が近いほうがいいと思って。

M：今度のアパートは、小学校まで近いの？

F：5分ほどです。アパートの前の大通りを2、3分歩いて右に曲がるとすぐ左側なんです。

M：そう。いいアパートを見つけたね。

女の人の新しいアパートはどれですか。

問題3

1番

シャツを売っていた店を知りたいです。何と言いますか。

F：1. かわいいシャツね。どこで買ったの。

2. かわいいシャツね。どこで売ったの。

3. かわいいシャツね。なんで買ったの。

2番

小学生が漢字を読めるのに驚いています。何と言いますか。

F：1. 小学生なのに、そんな漢字も読めないの？

2. 小学生なのに、そんな漢字を読めるの？

3. 小学生でも、そんな漢字ぐらい読めるね？

3番

入院している人をお見舞いに行きました。何と言いますか。

M：1. こちらこそ、失礼します。

2. もう帰りますか。

3. お体の具合はいかがですか。

4番

何か助けることはないか聞きます。何と言いますか。

F：1. 何かお手伝いすることはありませんか。
2. 何かお助けください。
3. 助けることができますよ。

5番

冷房を止めてほしいです。何と言いますか。

F：1. 冷房をつけないでください。
2. 冷房はほしいですか。
3. 冷房をとめていただけますか。

問題4

1番

F：どちらにいらっしゃるのですか。

M：1. 友達の家に行ってきます。
2. いってらっしゃい。
3. 大丈夫ですよ。

2番

M：国に帰ったら何がしたいですか。

F：1. 来月帰るつもりです。
2. 友達と会いたいです。
3. 友達が待っています。

3番

F：あなたはいつ今の家に引っ越したのですか。

M：1. ３か月あとです。

2. なかなか住みやすい所です。

3. ２年前です。

４番

M：大学には何で通っていますか。

F：1. 地下鉄です。

2. 歩くと遠いです。

3. 経済学です。

５番

F：この犬は何が好きですか。

M：1. 妹です。

2. 肉が好きです。

3. 弟は猫が好きです。

６番

F：冷たいコーヒーと熱いコーヒーのどちらがいいですか。

M：1. どうぞお飲みください。

2. コーヒーをください。

3. 熱いほうがいいです。

７番

F：あ、川俣君、こんにちは。どこに行くの？

M：1. 映画に行っているところだよ。

2. 映画に行ったところ、おもしろかったよ。

3. 映画に行くところだよ。

8番

F：風邪はもうよくなりましたか。

M：1. いいえ、よくなりました。

2. おかげさまでよくなりました。

3. なかなかよくなりました。

N4 模擬試験　第四回

（此回合例題參照第一回合例題）

問題 1

1番

女の人とおじいさんが話しています。おじいさんはどんな服で出かけますか。

F：おはよう。今日はいい天気ね。

M：おはよう。ほんとに春のようだね。友達に会うからもうすぐ出かけるけど、今日は冬のコートがいらないくらいだね。何を着ていこう。

F：この前の日曜日に着ていた青いシャツはどう？

M：でも、あれだけでは、少し寒いと思うよ。帰りは夕方になるし。そうだ、あのシャツの上にセーターを着ていこう。

F：ネクタイはしないの？

M：うん、昔からの友達だからね。

おじいさんはどんな服で出かけますか。

2番

男の人と女の人が話しています。女の人は、番号をどう直しますか。

M：すみませんが、5 ページの番号を直していただけますか。

F：はい。5 ページには 4175 と書いてありますが、まちがっているのですか。

M：はい。正しい番号は 4715 なのです。

F：えっ、4517？

M：いいえ、4715です。

F：ああ、1と7がちがうのですね。

M：はい、そうです。お願いします。

女の人は、番号をどう直しますか。

3番

女の子が家に来たお客さんと話しています。女の子は、お客さんに何を出しますか。

F：母はもうすぐ戻りますので、しばらくお待ちください。コーヒーか紅茶はいかがですか。

M：それでは、紅茶をお願いします。

F：ちょうどおいしいケーキがありますが、いっしょにいかがですか。

M：ありがとう。飲み物だけでけっこうです。

F：わかりました。暑いので、冷たいものをお持ちします。

女の子は、お客さんに何を出しますか。

4番

お母さんが電話で家にいる男の子と話しています。男の子はお父さんに何をしてあげますか。

F：翔太？お母さんだけど、お父さんはもう仕事から帰ってきた？

M：うん、15分ぐらい前に。

F：そう。翔ちゃん、お風呂の用意をしてあげてね。

M：うん、お父さん、もうお風呂に入ってるよ。

F：あ、そう。お母さんはあと30分くらいで家に帰るから、夕ご飯はちょっと待っててね。

M：わかった。あ、お父さん、もうお風呂から上がってお酒飲もうとしているよ。

F：あらあら。じゃあ、冷蔵庫におつまみがあるから、出してあげて。

男の子はお父さんに何をしてあげますか。

5番

女の人と男の人が話しています。女の人はアパートの名前をどう書きますか。

F：横田さんにはがきを出したいんだけど、住所、わかりますか。引っ越したんですよね。

M：うん。でも、前の家の近くだそうだよ。今まで２丁目に住んでいたけど、３丁目に移ったんだ。３丁目１の12だよ。

F：そうですか。アパートの名前はなんというのですか。

M：「みなみおおやまアパート」というそうだよ。「みなみ」は、ひがし・にし・みなみ・きたのみなみ。「おおやま」は、大きい山と書くんだ。

F：ああ、わかりました。こうですね。

M：それは、「みなみ」ではなくて「ひがし」でしょう。

F：あ、そうか。

M：そこの203号室ね。

女の人はアパートの名前をどう書きますか。

6番

女の人と男の人が話しています。二人は何日から何日まで旅行に行きますか。

F：旅行、いつから行くことにしますか。あなたの会社のお休みはいつから？

M：今月の18日から27日までだよ。

F：私は20日から１週間。

M：３日間くらい、どこか涼しいところに行こうよ。

F：そうしましょう。土曜日と日曜日は旅行のお金が高いからやめましょうよ。

M：そうだね。21日は土曜日だから、じゃあ、次の月曜日から水曜日までにしよう。

F：そうしましょう。

二人は何日から何日まで旅行に行きますか。

7番

食堂で女の人と係の人が話しています。女の人は何色と何色の紙を取りますか。

F：食事はしないで、飲み物だけ飲みたいのですが、いいですか。

M：はい。飲み物だけのかたは青の紙を、食事をするかたは赤の紙を取ってお待ちください。おタバコはお吸いになりますか。

F：いいえ、吸いません。

M：禁煙席は白の紙ですので、白の紙を取ってお持ちください。お呼びしますので、しばらくお待ちください。

F：この黄色の紙はなんですか。

M：それは喫煙席のためのものです。

女の人は何色と何色の紙を取りますか。

8番

駅前で、警官が女の人と話しています。女の人は、どこに駐車しますか。

M：そこには駐車できません。別な場所に駐車してください。

F：そうですか。近くに駐車場はありますか。

M：少し遠いですが、駅を出て大通りを北の方にまっすぐ行くと、左に郵便局があります。その郵便局の駐車場は、無料ですよ。

F：ああ、でも、私は、駅の南側に用事があるのです。

M：では、この大通りを南に進み、右に曲がってしばらく行くと、左にテニスコートがあります。その隣に駐車場があります。やはり、無料です。

F：わかりました。ありがとうございます。

女の人は、どこに駐車しますか。

問題２

1番

女の人と男の人が話しています。女の人は、はがきを何枚用意しますか。

F：引っ越したので、新しい住所を知らせるはがきを出そうと思うの。

M：それがいいね。何枚ぐらい必要なの？

F：友達に 50 枚出したいの。ほかに、仕事でお世話になっている人に 40 枚。

M：書くときに失敗するかもしれないから、10 枚ぐらい多く用意したら？

F：そうね。そうします。

女の人は、はがきを何枚用意しますか。

2番

男の人と女の人が話しています。男の人は１週間に何時間ピアノの練習をしますか。

M：先月からピアノを習いはじめたんだ。

F：そうなの。毎日仕事で忙しいのに、いつ練習しているの？

M：毎週水曜日に30分は練習すると決めている。土曜日にも1時間、日曜日には2時間くらい練習しているよ。

F：すごい。いつか聞かせてほしいな。

M：うまくなったらぜひ聞いてもらいたいな。

F：うん、ぜひ。

男の人は1週間に何時間ピアノの練習をしますか。

3番

学校で、先生と男の学生が話しています。男の学生が書いたものが読みにくいのはどうしてですか。

F：田代くん、昨日渡した紙に必要なことを書いて持ってきてくれた？

M：はい、書いてきました。これでいいですか。

F：ああ、ちょっと読みにくいな。

M：すみません。ぼく、字が汚くて。

F：いや、それはいいんだけど、消すところを消しゴムできれいに消してないから。

M：それでは、ボールペンで書き直して持ってきましょうか。

F：そうね。そうしてくれる？

男の学生が書いたものが読みにくいのはどうしてですか。

4番

男の人が電話で女の人と話しています。男の人は、何時のバスに乗りますか。

M：今、駅前でバスを待っているところです。

F：何番乗り場で待っていますか。

M：5番乗り場です。このバスはお宅の家の近くに行くのですよね。

F：そうですが､5番乗り場のバスは30分おきにしか出ません。2番乗り場のバスに乗ってください。2番乗り場のバスは、10分おきに出ていますから。

M：わかりました。今、12時15分ですが、あと、3分ほどしたら出るようです。

男の人は、何時のバスに乗りますか。

5番

女の人と男の人が話しています。展覧会で、絵の説明があるのは日曜日の何時からですか。

F：絵の展覧会、どうだった？

M：なかなかよかったよ。

F：そうなの。私もぜひ行きたいな。

M：日曜日は２時から、金曜日は４時から、案内の人が絵の説明をしてくれるそうだよ。

F：ああ、そう。今週は日曜日なら行けそうだけれど、人が多いかも。

M：そうそう、金曜日は夜８時までやっているらしいよ。仕事の後で行ったらどう？

F：ちょっと無理だな。やっぱり日曜日に行く。絵の説明も聞きたいし。

展覧会で、絵の説明があるのは日曜日の何時からですか。

6番

女の人がホテルに着いてからのことを説明しています。朝ご飯は何時から何時まで、どこで食べられますか。

F：今日はこのあとホテルに戻ります。夕飯は6時から9時までです。10階に大きなお風呂があります。夜の11時まで自由に入ることができます。お風呂に入って、ゆっくり休んでください。明日は9時にホテルを出て、バスで神社とお寺を回ります。朝ご飯は６時から８時半まで、２階の食堂で自由に食べてください。朝ご飯をすませて、８時55分にはホテルの１階に集まってください。

朝ご飯は何時から何時まで、どこで食べられますか。

7番

女の人と男の人が話しています。男の人は何の話をしますか。

F：山田さん、今日の講義は大勢の人の前で話をするんですよね。

M：そうなんだよ。いつもの学生たちのほかに研究室の留学生も来るから、興味をもってもらえそうなことを話したいんだ。

F：どんな話をするか、もう決めているの？

M：平仮名について話をしようと思ってるんだけど、どうだろう。

F：おもしろそうね。平仮名は、中国から入ってきた漢字から日本で作られたものだから、私も前から興味があったのよ。

男の人は何の話をしますか。

問題3

1番

友達の家で出されたお昼ご飯がとてもおいしかったです。何と言いますか。

F：1. いただきます。
　2. ごちそうさまでした。
　3. どうぞ召し上がってください。

2番

約束の時間より遅れて着きました。何と言いますか。

F：1. もうしばらくお待ちください。
　2. お待たせして、すみませんでした。
　3. もし遅れたら、失礼です。

3番

自分で作ったお菓子をお客様に出します。何と言いますか。

F：1. どうぞ召し上がってみてください。
　2. おいしくないですが、食べてください。
　3. おいしいかどうか、食べられてみてください。

4番

お店の棚の上にあるかばんを見たいと思います。何と言いますか。

F：1. あのかばんをご覧になってください。
　2. あのかばんを見せてはどうですか。
　3. あのかばんを見せていただきたいのですが。

5番

先生の家に行っていましたが、夕方になったので帰ります。先生に何と言いますか。

M：1. ようこそ、いらっしゃいました。
2. そろそろ、失礼いたします。
3. どうぞよろしくお願いします。

問題4

1番

F：昨日は急に休んでどうしたのですか。

M：1. はい、ありがとうございます。
2. 頭が痛かったのです。
3. あまり行きたくありません。

2番

M：そろそろ出かけましょう。

F：1. どうして行かないのですか。
2. いいえ、まだ誰も来ません。
3. では、急いで準備をします。

3番

F：今年はいつお花見に行く予定ですか。

M：1. 去年行きました。
2. まだ決めていません。
3. 私は朝が一番好きです。

4番

M：あなたに会えてとてもうれしいです。

F：1. どういたしまして。
2. 私も同じ気持ちです。
3. いつになるか、まだわかりません。

5番

F：お正月は何をしていましたか。

M：1. 家で家族とテレビを見ていました。
　 2. 友人と一緒にいたいです。
　 3. 木村さんが行ったはずです。

6番

M：どうぞこの部屋をお使いください。

F：1. どうしてなのかはわかりません。
　 2. どちらでもかまいません。
　 3. ご親切にありがとうございます。

7番

F：このお菓子は食べたことがありますか。

M：1. いいえ、甘い物はあまり食べません。
　 2. はい、食べ過ぎではないと思います。
　 3. もう結構です。十分いただきました。

8番

F：テストのことが心配ですか。

M：1. はい。あなたのおかげです。
　 2. いいえ。一生懸命にやりましたので。
　 3. あなたも心配ですか。

N4 模擬試験　第五回

（此回合例題參照第一回合例題）

問題 1

1番

駅前で、女の人と男の人が話しています。女の人は、何で美術館に行きますか。

F：すみませんが、美術館に行くには、どうしたらよいでしょうか。

M：いくつか行き方がありますよ。まず、この駅から電車に乗り、次の駅で降りてバスに乗ると美術館の前に着きます。または、この駅前から、タクシーで行くこともできますよ。

F：お金をあまり使いたくないのです。

M：じゃあ、信号のところまで歩いて、そこから美術館行きのバスに乗るといいですよ。

F：そうですか。ここから美術館まで歩くと、どのくらい時間がかかりますか。

M：30分ぐらいかかります。美術館への地図はありますよ。

F：ああ、じゃあ、地図を見ながら行きます。ありがとうございました。

女の人は、何で美術館に行きますか。

2番

会社で、男の人と女の人が話しています。二人は、どこで昼ご飯を食べますか。

M：12時だ。昼ご飯を食べに会社のそばの店に行こうよ。

F：どこの店も、今いっぱいだから時間がかかるよ。それに、午後すぐにお客さんが来るそうだから、1時には会社に戻らなければならないし。

M：そうか。じゃあ、会社の食堂で食べる？食堂だとお茶もあるよ。

F：会社の食堂も今が一番人が多いと思う。この部屋でお弁当を食べようよ。

M：そうだね。じゃあ、ぼくがお弁当とお茶を買ってくるよ。

F：お願いします。

二人は、どこで昼ご飯を食べますか。

3番

男の人と女の人が、旅行の準備をしています。男の人は、自分のかばんに何を入れますか。

M：おばさんへのおみやげは、僕のかばんに入れておくよ。

Ｆ：ああ、おみやげは紙で包んで、私のかばんに入れますので、そのままそこに置いてください。
それより、地図やそこのお菓子を全部、あなたのかばんに入れてくださいね。

Ｍ：でも、お菓子を全部入れると、僕のかばんはいっぱいになってしまうよ。

Ｆ：そうね。では、お菓子はいいです。私が持っていきます。

Ｍ：わかった。じゃあ、僕のかばんには、薄い本も１冊入れられるね。

男の人は、自分のかばんに何を入れますか。

４番

女の人が店の人と話しています。女の人はどれを買いますか。

Ｆ：パソコンは、このタイプのものだけですか。

Ｍ：ここはデスクトップパソコンだけですが、他のタイプもありますよ。

Ｆ：ノートパソコンはありますか。

Ｍ：はい。ノートパソコンは、隣の棚にあります。バーゲンをしていて、特売品もたくさんありますよ。

Ｆ：特売品で日本のものもありますか。

Ｍ：はい。これがそうです。使いやすいですよ。ちょっと、使ってみてください。

Ｆ：ああ、ほんとうに使いやすいです。値段も安いですね。じゃあ、これにしよう。

女の人はどれを買いますか。

５番

大学で、女の学生と男の学生が話しています。男の学生は、このあと何をしますか。

Ｆ：午後から教室でテストの勉強をしたいな。

Ｍ：ええと、ちょっと待って。今日は図書館で、経済学についての勉強会が12時からあるよ。

Ｆ：あ、そうか。その勉強会は夕方からにできないかな。

Ｍ：大丈夫だと思う。ほかの人も夕方からのほうがいいって言っていたから。

Ｆ：よかった。じゃあ、みんなに連絡します。

Ｍ：あ、それはぼくがメールで連絡しておくよ。勉強会が始まる時間が決まったら、また君にも
連絡するよ。

Ｆ：じゃあ、私は教室でテストの勉強をしています。連絡のメールをお願いね。

Ｍ：わかった。

男の学生は、このあと何をしますか。

6番

会社で、男の人と女の人が話しています。男の人は、会議のために部屋をどうしておきますか。

M：会議には７人出席するから、椅子は七つ用意しておこう。

F：ええ。でも、会議の途中で、また何人か来ると思いますよ。

M：そうか。じゃあ、テーブルは真ん中に一つ置いて、周りに椅子を九つ並べておこう。

F：並べておく椅子は七つでいいと思います。あとの二つは部屋のすみに置いておきましょう。

M：わかった。じゃあ、そうしよう。

男の人は、会議のために部屋をどうしておきますか。

7番

図書館で、男の学生と女の学生が話しています。女の学生は、CDをどうしますか。

M：野村くんを見なかった？

F：野村くん？今日は見てないけど、どうしたの？

M：このCDは野村くんに借りたものだから、返したいんだけど、僕はもう帰らなくてはならないんだ。

F：明日返したら？

M：今日、使いたいって言っていたんだ。

F：ああ、そうだ。野村くんなら、午後の授業で会うよ。

M：それなら、悪いけど、このCDを渡してもらえる？

F：いいよ。

女の学生は、CDをどうしますか。

8番

駅前で男の人と女の人が話しています。女の人はどこに自転車をとめますか。

M：そこには自転車をとめないでください。

F：ああ、すみません。では、どこにとめるといいのですか。

M：この通りをまっすぐ行くと、右に大きなスーパーが見えますね。その角を右に曲がると左側に自転車をとめる所がありますので、そこにとめてください。

F：はい、わかりました。ありがとうございます。

女の人はどこに自転車をとめますか。

問題2

1番

男の人と女の人が話しています。二人が食事を予約したのは、何のお店ですか。

M：どこだろう。お店は確か、坂の上だと聞いたんだけどな。

F：坂の上には、ステーキのお店とハンバーグのお店だけよ。予約した天ぷらのお店はないわ。

M：ええと、坂を間違えたかもしれない。右側ではなく、左側の坂を上がっていくのかもしれない。

F：では、行ってみましょう。

M：ああ、やっぱり左側だった。お店が見えてきたよ。

二人が予約したのは、何のお店ですか。

2番

コンサート会場で、女の人と男の人が話しています。二人の席は前から何番目ですか。

F：大きな会場ですね。私たちの席はどこでしょう。

M：ええっと、前から1番目だね。

F：違います、これは「1」じゃなくて「I」ですよ。「A」が1番目です。

M：ああ、そうか。じゃあ、前から何番目だろう……。ああ、ここだね。

F：9番目だから、1番目より見やすそうですね。

M：うん。それに、20と21だから、真ん中だ。

二人の席は前から何番目ですか。

3番

家で女の人と男の人が話しています。この家にヘルパーは何時に来ますか。

F：きょうはヘルパーの中村さんが来る日だから、中村さんが来たら私は出かけるつもりよ。

M：中村さんは、午後に来ると言っていたね。

F：そうなの。確か、1時に来るはずよ。今日は、私、法律事務所にちょっと行ってきます。2時から用事があるの。あなたは、そろそろ会社に行く時間でしょう。10時から会議よね。

M：ああ、そうだね。おばあさんは、けさは元気だから安心だね。

F：ええ、朝ご飯も全部食べましたよ。

M：よかった。では、私は出かけるよ。

この家にヘルパーは何時に来ますか。

4番

事務所で女の人が男の人に話しています。男の人は、何を頼まれましたか。

F：田中さん、今日、新しく入った人の歓迎会をするから、ちょっと買い物をしてきてください。
5,000円渡すから、10人分のお菓子を買ってきてください。

M：お茶はどうしますか。

F：お茶は事務所で用意します。中山さんたちに頼むから、お茶のことは心配しなくていいですよ。

M：はい、わかりました。

男の人は、何を頼まれましたか。

5番

会社で課長が女の人と話しています。課長がこれから訪ねる事務所はどこですか。

M：鈴木さんの事務所は、どこだろう。

F：駅の大通りをまっすぐ行くと、角に交番がありますが、交番の隣の隣のビルの３階です。

M：わかった。交番の隣のビルの３階だね。

F：違いますよ。交番の隣の隣のビルですよ。間違えないでくださいね。

M：ありがとう。では、行ってくるよ。

課長がこれから訪ねる事務所はどこですか。

6番

会社で女の人と社長が話しています。会議は何曜日の何時からですか。

F：社長、来週の金曜日は、神奈川県で会議がある予定です。

M：会議は何時からでした？

F：午後３時からです。会場までは、ここから１時間半かかります。

M：ああ、そう。じゃあ、12時半に出発しよう。途中で、１時間ほど食事をしていくことにするよ。
だから、お昼の用意はいらないよ。

F：わかりました。

会議は何曜日の何時からですか。

7番

男の学生と女の学生が話しています。女の学生は、なぜ韓国に留学したいですか。

M：来年１年間留学するんだって？

F：そうなんです。

M：へえ、どこの国に？

F：韓国です。韓国の家庭においてもらって、そこから大学に通います。アルバイトもしたいと思います。

M：韓国の家庭を見てみたいの？　それとも韓国でアルバイトをしたいの？

F：いえ、韓国語を勉強したいのです。

女の学生は、なぜ韓国に留学したいですか。

問題３

1番

風邪をひいて、早く帰る人がいます。何と言いますか。

F：1. お見舞いされてください。
　2. お大事になさってください。
　3. お元気をもってください。

2番

長い間、会わなかった友達に会いました。何と言いますか。

F：1. お久しぶりです。
　2. 見なかったです。
　3. お目にしなかったです。

3番

名前だけ知っていて、初めて会う人がいます。何と言いますか。

F：1. お名前は、聞き上げております。
　2. お名前は、お知っております。

3. お名前は、存じ上げております。

4番

新しく知り合いになった人を自分の家によぼうと思います。何と言いますか。

F：1. どんどん、私の家にいらっしゃりください。
2. かならず、私の家に来なさい。
3. ぜひ、私の家においでください。

5番

会場の入り口で客の名前を聞きます。何と言いますか。

M：1. 名前は何かな。
2. お名前は何というのか。
3. お名前は何とおっしゃいますか。

問題4

1番

F：あなたは、どんなパソコンを使っていますか。

M：1. 前のパソコンが使いやすかったです。
2. ノートパソコンです。
3. 友達に借りています。

2番

M：何色の糸を使いますか。

F：1. 太い糸です。
2. 赤です。
3. 絹の糸です。

3番

F：新しい先生は、どんな人ですか。

M：1. 優しそうな人です。
2. おっしゃるとおりです。
3. とても大切です。

4番

M：あなたの隣にいる人はだれですか。

F：1. 友達になりたいです。
2. 父にとても似ています。
3. 小学校からの友達です。

5番

F：塩をどのくらい足しますか。

M：1. ほんの少し足してください。
2. 砂糖も足してください。
3. ゆっくり足してください。

6番

M：その店は、いつ開くのですか。

F：1. 自由にお入りください。
2. 5時にしまります。
3. 朝の10時です。

7番

F：あなたのかばんが私にぶつかりましたよ。

M：1. ああ、そうですか。
2. 失礼しました。
3. お大事に。

8番

F：おなかのどの辺が痛いですか。

M：1. 下のほうです。

2. とても痛いです。

3. 昨日からです。

N4 模擬試験　第六回

（此回合例題參照第一回合例題）

問題 1

1番

お母さんと中学生の息子が話しています。息子は、今日、何の勉強をしますか。

F：明日からテストよね。勉強しなければならないでしょ。

M：わかってるよ。今始めようとしているところだよ。

F：明日は何のテストなの。

M：英語だけど、英語はもう大丈夫なんだ。勉強したから。あさっては地理だけど、これも１週間前にやってしまったんだ。

F：明日は英語だけなの？

M：ううん、国語のテストもあるんだ。新しく習った漢字、全然覚えてないんだよね。

F：それじゃ、早くしなさい。

息子は、今日、何の勉強をしますか。

2番

病院で、医者と男の人が話しています。男の人は、次にいつ病院に来ますか。

F：１週間分の薬を出します。毎日、食事の後に飲んでくださいね。

M：次は、薬がなくなってから来るといいですか。

F：いえ。薬とは関係なく、３日後に来てください。検査をしますから。

M：そうですか。今日の薬はずっと飲むのですね。

F：そうです。必ず飲んでください。

M：わかりました。ではまた来ます。

男の人は、次にいつ病院に来ますか。

3番

事務所で女の人と男の人が話しています。男の人は、これから何をしますか。

F：中井さん、このレポートをコピーして、すぐに名古屋の事務所に送ってください。

M：はい。何部送りますか。

F：20部コピーして、5部だけ送ってください。

M：わかりました。

F：残りの15部は、明日の会議で使います。

M：では、会議室の準備もしておきましょうか。

F：そうですね。でも、会議は明日の午後だから、午前中に準備してくれればいいです。

男の人は、これから何をしますか。

4番

レストランで、男の人と店の人が話しています。店の人は、男の人に何を出しますか。

M：軽い食事がしたいのですが、何かありますか。

F：ご飯がいいですか。パンがいいですか。

M：朝はご飯と卵だったから、パンがいいけど、サンドイッチありますか。

F：はい。ハムサンドイッチと卵サンドイッチのどちらがいいですか。

M：ハムがいいです。スープも付けてください。

店の人は、男の人に何を出しますか。

5番

駅で、女の人と駅の人が話しています。女の人はどのようにして東京駅まで行きますか。

F：東京駅まで座って行きたいのですが、次の電車の指定席はありますか。

M：指定席は、もうありません。

F：じゃあ、自由席で行かなければならないのですね。

M：次の次の電車ならば、指定席を取ることができますよ。

F：次の次の電車は、どのくらい後になりますか。

M：1時間後です。

F：それでは間に合わないから、次の電車に乗ります。いくらですか。

女の人はどのようにして東京駅まで行きますか。

6番

客と店員が話しています。客はノートパソコンを買うためにどうしますか。

F：ノートパソコンの新しくていいのが出たと聞いたんですが。

M：ああ、でも、日本ではまだ売っていませんよ。

F：どのお店でも売っていないのですか。

M：そうです。来月の10日には、ここの店に入ってきます。今日はまだ9月の20日ですからね。

F：ああ、では、今度の10日に、この店に来れば買うことができますね。

M：必ず買うことができるかどうかわかりません。買いたい人がたくさんいますから。予約しておくと買えますよ。

F：わかりました。

客はノートパソコンを買うためにどうしますか。

7番

女の人と男の人が夕飯を作っています。男の人は、みそをどのくらい入れますか。

F：あなたは、みそ汁を作ってくださいね。

M：どうするといいの？

F：あとは、みそを入れるだけですよ。

M：スプーン、二つあるね。どっちを使うの？

F：大きい方で2杯のみそを入れてください。

M：わかった。でも、これだけではちょっと味がうすいかもしれないな。

F：じゃあ､小さい方で1杯のみそを足してください。みそを入れたら火をすぐに止めてくださいね。

M：わかった。

男の人は、みそをどのくらい入れますか。

8番

女の人と男の人が話しています。女の人は、パーティーに欠席することをどのようにして伝えますか。

F：金曜日のパーティーに、急に出席できなくなったんですが、どうするといいですか。

M：それでは、すぐに木下さんに連絡してください。

F：連絡したんですが、誰も電話に出ません。

M：それでは、ホテルに電話をしてください。食べ物を一人分減らしてもらわなければなりませんので。

F：そうですね。あ、帰りにホテルの前を通りますので、係の人に伝えておきます。

M：それがいいですね。

女の人は、パーティーに欠席することをどのようにして伝えますか。

問題 2

1番

タクシーの中で運転手と客が話しています。タクシーは、どこへ向かっていますか。

M：駅の近くは、車が多いので、時間がかかりますよ。

F：大丈夫です。時間はありますから。

M：駅の向こうは、広い通りなので、飛行場までまっすぐ行くことができます。お客さんはどちらに行くんですか。

F：アメリカに行きます。

M：それは、いいですね。

タクシーは、どこへ向かっていますか。

2番

男の人と女の人が話しています。女の人にイヤリングをプレゼントしたのは、誰ですか。

M：きれいな石だね。

F：ああ、このイヤリングの石ですか。

M：彼氏からのプレゼント？

F：残念でした。父からのプレゼントなんです。大学卒業の時の贈り物なので大切にしています。父はアクセサリーを作る仕事をしているので、特別な石で作ってもらいました。

M：ああ、そうか。だから、すばらしいんだね。今度、僕も家内へのプレゼントに、頼もうかな。

F：じゃあ、話しておきます。

M：お願いするよ。

女の人にイヤリングをプレゼントしたのは誰ですか。

3番

男の学生と先生が話しています。男の学生は、どこでアルバイトをしたいですか。

M：夏休みにアルバイトをしたいと思っているのですが、何かありませんか。

F：どんな仕事がいいの。

M：できれば将来の仕事に役に立つところがいいと思っています。

F：そう。君は、将来どんな仕事をしたいの。

M：新聞社に勤めたいです。

F：新聞社でアルバイトをしたいという学生は多いから、無理かもしれない。スーパーや本屋なんかはどう？

M：新聞社にアルバイトがなければしかたがありません。

男の学生は、どこでアルバイトをしたいですか。

4番

女の人と男の人が話しています。木村さんの退院予定はいつですか。

F：木村さんの退院が決まったらしいよ。

M：それはよかった。長い入院だったからね。9月2日からだから、もう1か月以上だよ。

F：先週お見舞いに行ったときも、早く退院したいと言っていたよね。10月20日の予定らしいよ。

M：退院したら、お祝いにみんなで集まりたいね。

F：うん。木村さんはケーキが好きだから、ケーキでお祝いしようよ。

木村さんの退院予定はいつですか。

5番

歯医者で、男の人と受付の人が話しています。男の人は、何をして歯医者の順番を待ちますか。

M：浅井ですが、歯が痛いので、お願いします。

F：今日は予約がいっぱいなので、お待たせしますが、よろしいですか。

M：はい。待っています。そこにある漫画を読んでいてもいいですか。

F：自由にお読みください。雑誌もありますよ。

M：漫画がいいです。漫画を読んでいると、歯が痛いのを少し忘れられるかもしれませんので。

F：なるべく早くお呼びしますから、お待ちください。

男の人は、何をして歯医者の順番を待ちますか。

6番

女の人と男の人が話しています。どんな写真がありましたか。

F：この前のお祭りのときの写真を見に行きましょうよ。

M：えっ、どこにあるの？

F：神社の前に貼ってあるそうよ。私が写っている写真もあるかもしれない。

M：あ、踊っているのは僕だ。恥ずかしいな。

F：川口さんは踊りが上手だから、恥ずかしいことはないよ。こっちの、たこ焼きを食べている私の顔の方が変だよ。

どんな写真がありましたか。

7番

会社で男の人と女の人が話しています。会議が始まるのはいつですか。

M：明日の会議、2時からだったよね。

F：あれっ、確か部長が急な用事ができたので、あさってになりましたよ。

M：えっ、知らなかったよ。何時から。

F：9時だと早すぎるという人がいたから、10時からになったはずですよ。

M：そう。わかりました。

会議が始まるのはいつですか。

問題3

1番

相手が、知っているかどうかを聞きます。何と言いますか。

F：1. このことをご存じですか。

2. このことを知り申してますか。

3. このことを知りなさるですか。

2番

結婚する人に、お祝いを言います。何と言いますか。

F：1. おめでとうございます。

2. ありがとうございます。

3. しあわせでございます。

3番

社長から用事を頼まれて返事をします。何と言いますか。

F：1. やってあげます。

2. 承知しました。

3. すみませんでした。

4番

人からお菓子をもらいます。何と言いますか。

F：1. なんとかいただきます。

2. やっといただきます。

3. えんりょなくいただきます。

5番

大事なチケットを人にあげます。何と言いますか。

M：1. チケットをお渡りします。

2. チケットを差し上げます。

3. チケットを申し上げます。

問題４

1番

F：あの二人はどのような関係ですか。

M：1. なかなかかわいい人です。

2. 花粉症かもしれません。

3. 先生と生徒という関係です。

2番

M：電車はどのぐらい遅れましたか。

F：1. 30分以外遅れました。
2. 30分以上遅れました。
3. 30分以内遅れました。

3番

F：研究室は、ここから遠いですか。

M：1. 必ず遠くないです。
2. きっと遠くないです。
3. それほど遠くないです。

4番

M：夕方になったので、もう帰りましょうか。

F：1. そうですね。そろそろ失礼しましょう。
2. そうですね。どんどん失礼しましょう。
3. そうですね。いろいろ失礼しましょう。

5番

F：社長さんはいらっしゃいますか。

M：1. はい、部長がいます。
2. 社長は、ただ今、おりません。
3. 社長は、今は、いないよ。

6番

M：すみません。お弁当は、まだ、できあがらないのですか。

F：1. お待ちしました。今、できました。
2. お待たせします。今、できました。
3. お待たせしました。今、できました。

7番

F：彼は明日こそ来るんでしょうね。

M：1.　きっと来るはずです。
　　2.　特に来るといいです。
　　3.　決して来るかもしれません。

8番

F：これから帰るけど、お父さんは今何してるの？

M：1.　お風呂に入るよ。
　　2.　お風呂に入っているところだよ。
　　3.　お風呂に入ってもいいよ。

MEMO

新日檢 修訂版

（16K ＋ QR Code 線上音檔）

發行人 ● 林德勝

作者 ● 山田社日檢題庫小組・吉松由美・田中陽子・西村惠子・林勝田

出版發行 ● 山田社文化事業有限公司

106台北市大安區安和路一段112巷17號7樓

Tel：02-2755-7622

Fax：02-2700-1887

郵政劃撥 ● 19867160號　大原文化事業有限公司

總經銷 ● 聯合發行股份有限公司

新北市新店區寶橋路235巷6弄6號2樓

Tel：02-2917-8022

Fax：02-2915-6275

印刷 ● 上鎰數位科技印刷有限公司

法律顧問 ● 林長振法律事務所　林長振律師

書＋QR碼 ● 新台幣349元

初版 ● 2025年2月

ISBN：978-986-246-870-8

STS

STS